W0407576

QUEER* WELTEN

https://queerwelten.de

Ach je Verlag
Berlin - AT&Tlantis - Tschuri
https://ach.je

Danksagungen

*Wir bedanken uns für die Unterstützung
dieser Ausgabe bei Max!*

Herausgeberinnen:
Judith Vogt, Lena Richter, Kathrin Dodenhoeft

1. Auflage

ein Imprint der Ach je'schen Verlagsanstalt oHG

Layout: Kathrin Dodenhoeft
Umschlaggestaltung im Verlag
Queer*welten Logo: Milan Dangol https://milandangol.de

Druck und Bindung: PRINT GROUP Sp. z o.o., Szczecin

ISBN 978-3-947720-51-4 (Heft)
ISBN 978-3-947720-52-1 (ePub)
ISBN 978-3-947720-53-8 (Kindle)

https://queerwelten.de

Inhalt

Vorwort

Was meinen wir mit queer-feministischer Fantasy und Science-Fiction?

Wir möchten mit Queer*Welten eine Plattform schaffen, um queer-feministischen Fantasy- und Science-Fiction-Geschichten Raum zu geben. Wir, die Herausgeberinnen, möchten mit diesem einführenden Artikel kurz erklären, was ihr in diesem Magazin findet werdet, und was wir mit „queer-feministisch" meinen.

Das Wort „Feminismus" müssen wir vermutlich nicht erklären – wir möchten, dass in den Geschichten, die wir hier veröffentlichen, Frauen eine Rolle spielen. Dass sie Protagonistinnen sind, ihr Schicksal in die eigene Hand nehmen, eine Identität haben, die nicht von Männern oder heterosexistischen Weltbildern geprägt ist (oder, wenn doch, von der Rebellion gegen solche erzählen). Unser Magazin bezeichnet sich als queer-feministisch, weil wir gleichzeitig, neben der Geschlechterebene, andere Ebenen der Diskriminierung berücksichtigen und Verhältnisse hinterfragen wollen.

„Queer" steht für das Aufbrechen und Dekonstruieren normativer Gesellschaftsstrukturen, die patriarchal, heterosexistisch und rassistisch geprägt sind. Wir möchten nicht, dass alle unsere Geschichten von weißen hetero cis Frauen handeln, die die Welt retten. Wir möchten stattdessen, dass die Geschichten verschiedene Lebensrealitäten abbilden, auch wenn sie in fernen Welten spielen. Wir möchten, dass darin Enbys, Women of Color und trans Frauen genauso sichtbar sind wie asexuelle cis Frauen oder ältere Frauen mit Behinderung. Unser Feminismus ist intersektional, das heißt, er berücksichtigt die Überschneidungen von mehreren Diskriminierungsebenen. So kann eine Frau neben ihrem Geschlecht auch für ihr Schwarzsein, ihre Homosexualität und/oder ihre Behinderung diskriminiert werden. Diese verschiedenen Ebenen wirken immer zusammen, auch wenn die einzelnen Dimensionen in verschiedenen Kontexten unterschiedlich stark zum Tragen kommen. Dabei möchten wir ganz besonders auch Own Voices berücksichtigen.

Dies werden wir nicht immer und nicht in jeder Geschichte schaffen, und wir werden es niemals schaffen, allen Menschen in ihrer unglaublich komplexen Lebensrealität gerecht zu werden. Nicht alle werden sich (immer) in unseren Texten wiederfinden können. Wir sind auf die Einsendungen angewiesen, die wir erhalten, und können nur aus diesem begrenzten Pool auswählen. Wir werden uns bemühen, auch aktiv möglichst viele Texte von Own Voices zu akquirieren, aber uns ist von vornherein bewusst, dass wir auch an unserem eigenen Anspruch scheitern können. Wir möchten, dass ihr wisst: Wir sind keine perfekten (Queer-)Feministinnen. Wir versprechen euch nicht, dass wir die Welt verstanden haben und ihr in unserem Magazin alle Antworten finden werdet, die ihr sucht. Auch wir sind lediglich auf einer Suche und möchten frei nach dem Prinzip des „messy learning" versuchen, einen Beitrag zu mehr Vielfalt und Sichtbarkeit von Diskriminierten in der Phantastik zu leisten. Wir möchten neue Perspektiven und Sichtweisen bieten, die andere Magazine und Verlage bisher noch nicht abbilden.

Wenn ihr Anregungen habt, wie wir uns weiter verbessern oder unser Magazin inklusiver gestalten könnten, dann schreibt uns gerne eine E-Mail an **einreichungen@queerwelten.de**. Wir freuen uns außerdem immer über Einsendungen, ganz besonders, wenn ihr Own Voices seid!

Queer*Welten sucht:

- Kurzgeschichten zwischen 16.000 und 20.000 Zeichen
- Im Rampenlicht sollen Themen stehen wie: Marginalisierung, Empowerment, queere Menschen, Menschen mit Behinderung, BIPoC als Protagonist*innen, nicht-heteronormative Gesellschaftskonzepte, Familien und Partnerschaften.
- Sex, Gewalt, Horror etc. dürfen thematisiert werden, aber in einem Maß, das ungefähr der FSK16-Freigabe eines Films entspricht. Wir suchen keine rein erotischen Geschichten.
- bevorzugt Own-Voices-Autor*innen (Nicht-Männer, Queers, BIPoC, Autor*innen mit Behinderung), aber eine Veröffentlichung in Queer*Welten bedeutet nicht automatisch ein „Outing" – du wirst nicht genötigt, Details zu dir als Person offenzulegen. Gerne kannst Du bei uns auch unter Pseudonym veröffentlichen.
- Wir veröffentlichen alle Textbeiträge und Comics mit einer Inhaltswarnung. Wenn du möchtest, kannst du diese bei Einreichung schon mit angeben.
- Kreativität – auch Gedichte, Geschichten in Drehbuchform, Comics (max. eine Seite) oder ganz andere Formen sind uns willkommen!
- Wir veröffentlichen pro Ausgabe auch einen nonfiktionalen Text zur Science-Fiction und Fantasy. Auch solche kannst du uns gerne schicken.

Queer*Welten sucht nicht:

- Geschichten mit Diffamierungen und Hate-Speech, keine Beleidigungen realer Personen
- Geschichten ohne erkennbaren Bezug zu Science-Fiction und Fantasy und den Grundsätzen von Queer*Welten
- mehrere Geschichten der*des gleichen Autors*in – bitte reiche immer nur eine Geschichte auf einmal ein und warte dann unsere Antwort ab, bevor du die nächste einreichst! Danke!

Für unseren Queertalsbericht suchen wir außerdem queerphantastische Hinweise auf

- Veranstaltungen
- Romane
- Kurzgeschichten
- Filme
- Serien
- Workshops
- Sachbücher
- Blogs
- Musik
- Rollenspiele
- usw.

Einsendungen

Du hast eine Geschichte oder anderen Prosatext, einen Comic oder einen Essay gemäß der genannten Anforderungen verfasst? Hervorragend! Sende sie uns an **einreichungen@queerwelten.de** und schreibe eine Zusammenfassung in 1-3 Sätzen in den Text der Mail. Du kannst dich uns in der Mail auch kurz vorstellen und Website oder Social Media verlinken, wenn du möchtest.

Texte nehmen wir gerne als DOC(X) oder ODT-Datei an. Bitte sende uns nur im Notfall TXT- oder RTF-Dateien. PDF können wir gar nicht annehmen.

Lena, Judith und Kathrin wählen die Geschichten als Herausgeberinnen aus, melden sich bei dir und lektorieren sie, wenn sie dein Einverständnis für eine Veröffentlichung erhalten. Du bekommst natürlich einen Vertrag, wenn wir uns für deine Geschichte entscheiden. Vielleicht brauchen wir etwas länger, um deine Mail zu beantworten. Gib uns etwas Zeit, es ist ein kleines Projekt.

Wir wünschen dir viel Spaß beim Schreiben und freuen uns von dir zu hören!

Das Queer*Welten-Team

Nebelflor

von Annette Juretzki

Inhaltswarnungen

Tod, Blut und Verletzungen, bewaffnete Auseinandersetzung, Leichen, Frauenfeindlichkeit

Wie ein Geist entsteigst du dem Nebel dieses trägen Morgens, der nur Licht statt einer Sonne kennt. Alle sehen zu dir auf. Selbst die Knienden erheben sich, um weniger schutzlos zu sein. Sie weichen zur Seite, als du dich dem Leichnam näherst. Noch immer spricht keiner ein Wort.

Der Mann ist jung gewesen, mit dunklem Haar und breitem Kinn. Die Kleidung besteht aus Filz, wie ihn hier alle tragen, und die großen Hände sind schwielig von der Arbeit. Er hätte jungen Frauen gefallen können, doch das ist nicht, worauf du achtest. Seine Kehle ist zerfetzt und lässt sogar den bleichen Halswirbel hervorscheinen. Aber darüber hinaus ist sein Leib unberührt, keine anderen Wunden zeichnen ihn.

„Das war kein Tier", sprichst du ohne aufzusehen und spürst doch Misstrauen. „Ein Tier springt nicht an die Kehle, ohne zumindest die Brust zu zerkratzen. Gab es mehr Opfer?" Du stehst auf und siehst die Männer an. Nur die zornigen halten deinem Blick stand.

„Was geht dich das an?", platzt es aus dem Ersten heraus. „Was machst du hier?", springt ihm ein Zweiter bei und auch ein Dritter findet zu seinem Mut: „Was weiß eine Frau schon von Wunden?"

Du bleibst so ruhig wie der Fels im Sturm; wie du es immer tust, wenn die Männer um dich herum beben und zetern. Es hat keinen Sinn, gegen den Orkan anzuschreien, also wartest du auf die Stille im Auge des Sturms: „Ich bin hier, um euren Geist zu fangen."

Und dann bricht das Gewitter über dir zusammen.

Sie rufen Hexe, beschuldigen dich – wie üblich – schwarzer Magie und des Mordes an drei jungen Männern. Das reicht dir und du legst behutsam die Hand auf die Axt an deinem Gürtel. Schlagartig zieht der Sturm vorbei und bringt den Winter auf ihre Gesichter.

„Drei hat sich der Geist also schon geholt. Wer hat ihn dabei beobachtet?"

Noch nie hat man dir auf diese Frage von selbst eine Antwort geschenkt. Stets musst du sie in den ausweichenden Blicken suchen, die verzogenen Mundwinkel erkennen und auch die rastlosen Finger zu deuten wissen, die Hemdzipfel kneten.

Der unruhigste Mann steht hinter den anderen und selbst im Sturm ist er deinen Blicken ausgewichen. „Wie sah er aus?", rufst du ihm zu und seine Augenlider senken sich beschämt. Du hast den Richtigen ertappt.

„Sie …" Die anderen weichen zurück, damit keiner mehr zwischen euch steht. „Es ist eine Frau." Länger hält er es im Korridor nicht aus und verlässt gesenkten Hauptes die Menge. Du willst hinterher, doch ein Älterer mit eingefallen Wangen und schütterem Haar stellt sich in deinen Weg. Um seinen Hals liegt eine Kupferkette, die ihn vermutlich zu etwas Besonderem macht. „Wer bist du?" Seine Stimme trägt mehr Verwunderung als Aggression.

„Ich bin Korja, und ich werde mit dem Geist verschwinden", sagst du.

Du betrittst die Hütte, ohne zu klopfen, und er beschwert sich nicht. In der Kochnische flackert ein kleines Feuer, das vielleicht einen Topf, aber kaum den Raum wärmen kann. Du setzt dich zu ihm auf den Boden, und ihr starrt gemeinsam in die Flammen.

„Wer ist sie?"

„Sie … war Finna."

„Gab es einen Mörder?"

„Ja."

„Wen?"

Er zieht die Knie an, vergräbt das Gesicht in seinen Armen.

„Ihr wisst es nicht?"

Er blickt noch immer nicht auf. „Wir fanden sie vor vier Wochen am Waldrand. Jemand hatte ihren Kopf so hart gegen einen Baum geschlagen, dass der Schädel gebrochen war."

„Hatte sie auf jemanden gewartet?"

„Ja." Endlich sieht er dich an. Das Feuer lässt die braunen Augen rötlich glühen. „Auf mich."

„Hast du sie erschlagen?" Deine Stimme klingt unsicher, als fürchtest du, er gestände. Du streckst den Rücken gerade durch, um dein Zögern zu überspielen.

„Wir wollten heiraten … Viele hatten um ihre Hand angehalten, aber mich erwählte sie." Seine Augen beginnen zu glänzen, und du schaust an ihm vorbei, denn er verbirgt es nicht. „Diese Nacht hätte unsere erste sein sollen, aber ich war noch nicht bereit dazu. Also ließ ich eine Lilie an unserem Baum zurück, statt Finna zu treffen. Die Blüte als Unterpfand meiner Liebe. Am nächsten Morgen, als wir unsere Verlobung bekannt geben wollten, fanden wir sie tot."

Er weint, und du verschränkst unsicher die Arme vor der Brust. Du weißt, wie man Männer besiegt, aber hast nie gelernt, sie zu trösten.

„Wann hast du ihren Geist gesehen?" Deine Frage zerschneidet die Wehmut des Moments und verhilft ihm zu neuer Beherrschung.

„Zum ersten Mal an ihrem Grab. Ich lege jeden Morgen eine Lilie nieder, doch vor sechs Tagen wollte ich früh mit dem Karren zum nächsten Dorf aufbrechen, weshalb ich sie nachts aufsuchte. Nebelschwaden betteten ihr Grab und Raureif kroch über die Erde. Und dann sang der Wind das Lied vom kleinen Bächlein, wie es Finna stets gesungen hatte. Ich legte schnell die Blüte nieder und wollte laufen. Als ich mich umdrehte, stand sie da, bleich wie der Mond. Ihr Kleid war zerrissen, graues Blut tropfte aus ihrem Kopf und zerfiel am Boden zu Asche. Sie griff nach mir, aber ich wich aus. Dann schrie sie so schrill, dass ich dachte, der Himmel würde zersplittern. Ich rannte heim und ..." Wieder verbirgt er sein Gesicht und du erwachst aus deiner Faszination; hattest kaum gewagt zu atmen, während er sprach.

„Und dann?" Deine Frage klingt harsch, denn Schwäche macht dich unruhig. Du willst endlich gehen.

„Dann verkroch ich mich unter meiner Decke und weinte." Er schluckt schwer. „Am nächsten Morgen fanden sie Jurge tot am Bach. Er war der Erste. Und seitdem höre ich jede Nacht, wie sie einen Toten bringt. Und nie traue ich mich hinaus, wenn sie singt, damit ich nicht der Nächste werde."

Du nickst, auch wenn er dich nicht sieht. „Wer waren die anderen Toten?"

„Alles Verehrer, die sie abwies. Vor jedem Tod erschien sie mir, und der Wind sang ein anderes Lied. Doch selbst, wenn ich sie nicht sehe, spüre ich sie an meiner Seite, als würden kalte Lippen meinen Nacken küssen."

Du streichst mit der Hand über deinen eigenen Nacken, doch legst sie rasch zurück in den Schoß. Die Kälte schwindet nicht, nur weil sie sich teilt. Nur Ablenkung bedeutet Wärme, deshalb sprichst du wieder: „Vermutlich weiß sie nicht, wer sie erschlagen hat. Deshalb holt sie sich nach und nach die Verdächtigen."

„Aber weshalb quält sie mich, bevor sie ihre Rache vollbringt?"

Er sieht zu dir, doch du stehst auf und streckst deine steifen Beine zu neuem Leben. Seine Augen haben die Glut verloren, und durch die Tränen glänzt die Haut rot und geschwollen. Er wirkt so warm. Du ballst die Hand zur Faust, denn du willst ihn berühren, doch du gehst stattdessen zur Tür. Als du im Türrahmen stehen bleibst, blickst du nicht zurück. „Vermutlich will sie, dass du ein Mann bist und sie selbst rächst." Die Worte schmerzen, als du sie sprichst, denn du weißt es besser.

Der Friedhof liegt so weit abgelegen, dass du das Dorf kaum noch am Horizont erkennst. Morsche Holztafeln ragen wie Gebeine aus dem Boden, als wollten sich die Toten neu erheben. Nur ein Grab ist mit Lilien geschmückt, von einer straffen Blüte bis zum faulenden Flor. Du kniest dich nieder und findest Asche, die sich mit der Erde mischt. Vorsichtig lässt du die Asche in ein Beutelchen rieseln.

Als du dich zum Gehen wendest, siehst du die Blüte hinter einer Tafel verborgen, als hätte sie der Wind herübergeweht. Doch ihre weißen Blätter sind ausgerissen und in den Boden getrampelt. Du reibst eines zwischen deinen Fingern und fühlst die kräftige Struktur. Die Lilie ist erst diesen Morgen gepflückt worden.

Mit grüblerischem Blick steckst du den Blütenfetzen ein und wanderst zurück. Du glaubst schon lange nicht mehr an Zufälle, wenn es um Menschen geht.

Im Dorf haben sich Männer versammelt und ihre Klingen und Knüppel mitgebracht. Der erste zeigt auf dich, kaum dass dein Schatten die Hütten berührt. „Da ist die Hexe, die uns verflucht hat!“ Dann rennen sie los, und du greifst dir die Messer, die in dem Lederband stecken, das über der Hose um deinen Schenkel gespannt ist.

Mit den ersten verfehlst bewusst ihre Köpfe, um die Klingen im Holz der Hütten zu versenken. Doch die Männer verwechseln die Warnung mit Glück und rennen schneller. Also lässt du die nächsten Messer in Beine dringen. Die vordersten Angreifer schreien auf, stürzen und werden zu Stolpersteinen für die, die danach kommen.

Die Menge lichtet sich. Zuschauer und Kämpfer suchen Schutz hinter den Hütten. Einer findet zwar den Mut, eines der Messer zurückzuwerfen, doch es verfehlt dich in weitem Bogen und versinkt im Schlamm.

Am Ende sind es nur noch drei, die dich erreichen und doch respektvollen Abstand halten. Du ziehst deine Axt und bist bereit für ihren feigen Männermut.

Du drehst dich aus der Reichweite des Knüppels, wodurch er in deinen Rücken gerät, und greifst nach dem Arm des Dolchkämpfers. Mit dem Schaft zerschmetterst du seine Hand, damit sie sich öffnet, und rammst dabei die stumpfe Seite deines Axtblattes gegen den Schädel des Knüppelträgers, der dir wieder zu nah gekommen ist. Er taumelt rückwärts, während das Blut aus seiner Nase quillt. Du lässt die gebrochene Hand los und wendest dich dem zu, der noch übriggeblieben ist.

Aber dieser steht nicht dort, wo du ihn vermutest. Leise hat er dich umkreist, um dir das Schwert zwischen die Rippen zu stoßen. Du spürst die Warnung, als sie deinen Nacken wie ein kühler Windhauch küsst, und drehst dich um. Gerade noch rechtzeitig, damit die Klinge an deinem Wams abgleitet, statt es zu durchdringen. Mit einem harten Kopfstoß treibst du den Kerl fort, sodass es auch an deiner Stirn wummert. Doch er ist schnell wieder zum Angriff bereit und auch du hebst die Axt, um Blut zu vergießen.

„Nein, auseinander!“ Du kennst die Stimme, die deinen Kampf stört. Für einen schwachen Moment willst du lächeln und verweigerst dich doch.

Er rennt direkt zwischen euch, schützt die anderen Männer mit seinem Leib, als glaube er, du würdest dich nicht gegen ihn wenden. „Liskolf, Korja, senkt die Waffen!“

Du schenkst ihm einen trotzigen Blick, doch verharrst.

„Ich habe den Ältesten überzeugt, dass du hierbleiben darfst, bis Finna endlich schläft.“ Sein Blick ist sanft wie seine Stimme, doch deine Augen verengen sich, denn du glaubst ihm nicht.

„Was hast du mit ihr zu schaffen, dass du den Ältesten gegen uns aufwiegelst?“ Liskolf stellt auch deine Frage, nur wählt er andere Worte.

„Ich schulde Finna mehr als nur Lilien im Morgengrauen und du liebtest sie doch auch! Willst du nicht für ihr Seelenheil einstehen?“

Liskolf blickt wütend, doch senkt die Klinge. Seine Lippen formen Worte, aber er spricht sie nicht aus.

„Komm mit mir, Korja, dann können wir beraten, was zu tun ist.“ Er lächelt, und du lässt dich von deinen Gegnern fortlocken, auch wenn der Kampf lediglich ruht. Kaum ein Mann lässt eine Frau über sich siegen.

Er führt dich wieder in seine Hütte, wo er einen Topf über das Feuer hängt. Dann setzt er sich an den Tisch, schält Kartoffeln und schneidet sie klein, als hätte er niemanden neben sich. Sein Schweigen ist dir unangenehm, sodass du die Hände unter der Holzplatte knetest. Doch erst nachdem er die Knollen ins kochende Wasser geworfen hat und an den Tisch zurückgekehrt ist, wagst du endlich zu sprechen: „Du hast gelogen.“

„Ich war beim Ältesten.“

„Und, was sagte er?“

Er lacht auf. „Dass man eine frigide Jungfer ins Kloster stecken sollte, statt ihr einen Axtstiel in die Hand zu drücken. Kein Wunder, dass sie auf dumme Gedanken kommt.“ Sein Lachen erlischt in Verzweiflung. „Er will einen Priester holen, der Finna austreibt. Sie sei unrein gewesen und wolle sich nur vor dem Höllenfeuer retten.“

„Warum hast du gelogen?“

Er starrt dich fassungslos an. „Hätte ich denn zulassen sollen, dass du sie alle abschlachtest? Wen Finna nicht kriegt, den holst du dir?“

Du gehst zum Topf, um die Suppe umzurühren; um ihn nicht anzusehen. Es ist schon lange her, dass du einem Mann begegnet bist, der dich weder bekämpfen noch beschützen wollte. Du hast vergessen, was es noch zu sagen gibt, wenn du nichts zu beweisen hast.

Er folgt dir und legt seine Hand auf deine Schulter, nur um sie gleich wieder fortzunehmen, als du aufsiehst. In deinen Augen spiegelt sich Reue. Du misstraust Nähe und vermisst sie doch.

„Ich weiß, dass du den Kampf nicht begonnen hast.“ Er nimmt dir den Löffel ab und rührt selbst. „Liskolf mag keine Fremden – oder einfach alles, was er nicht kontrollieren kann.“

„Er wird wiederkommen.“

„Vermutlich. Aber zum Glück hat dein Axtstiel auch ein Blatt.“ Er lächelt und du erwiderst es. Dann schweigt ihr beide und diesmal ist es friedlich.

„Kannst du Finnas Seele retten?“ Seine Stimme wird ernst.

„Nur, wenn der Mörder stirbt. Aber ich kann ihre Gestalt zerstören, damit sie selbst nicht mehr mordet.“

Er sieht enttäuscht aus, als er zwei Schüsseln holt. Ihr schweigt wieder, als ihr nebeneinander esst.

„Was geschieht mit ihr, wenn sie keine Gestalt mehr hat?“ Diesmal wagt er es, direkt zu dir zu blicken.

„Sie bleibt als Schemen in der Welt, ohne Teil von ihr zu sein. Sie wird sehen können und still wandern, aber niemandem mehr erscheinen können.“

„Du schickst sie also auch in die Hölle?“

Wie recht er doch hat! Aber das kannst du dir nicht eingestehen. „Wenn ich sie nicht aufhalte, werden mehr Männer sterben.“

„Sie hat Frieden verdient!“

Als ob es auch nur eine Frau gibt, die bekommt, was sie verdient! Entweder wird es ihr geraubt, oder sie raubt es der Welt. „Du hast recht. Aber wenn ich ihr keinen Frieden schenken kann, dann diesem Dorf zumindest Sicherheit.“

Er lässt den Löffel fallen und schüttelt wirsch den Kopf. „Du bist also gar nicht hier, um ihr zu helfen.“

„Ich bin hier, um *euch* zu helfen.“ Denn du hast dich entschieden, die Lebenden über die Gerechtigkeit zu stellen, auch wenn es nur die wenigsten von ihnen verdient haben. So wie du es nicht verdient hattest.

Mit verschränkten Armen mustert er dich und du wirst nervös. „Woher wusstest du, dass du hier einen Geist finden würdest?“

Diese Frage folgt dir wie dein Schatten von Ort zu Ort und stets weichst du ihr aus. Doch heute ist etwas anders. Vielleicht ist *er* anders.

„Ich kann die Ruhelosen spüren. An manchen Tagen ist es so kalt, als würden mich alle verlorenen Seelen dieser Welt anstarren. An anderen ist es nur dieser Frost, der meinen Rücken hinabfließt und mich so in eine Richtung treibt.“

Sein Blick wird unendlich traurig und verliert jeden Vorwurf. „Hast du sie schon immer gespürt? Warst du noch nie allein?“

Du warst dein ganzes Leben lang allein. Beinahe zumindest. „Es begann, als ich die erste Gestalt erschlug.“ Du stehst auf, denn sein Blick macht dich schwach und unsicher. „Ich bereite deine Hütte vor, falls der Geist heute Abend kommt, und dann überlässt du ihn mir. Sonst wirst *du* nie wieder allein sein.“ Du nimmst dir eine leere Schüssel und schüttest die Asche hinein. „Kannst du mir eine Lilie bringen?“

Er steht auf, ohne nach dem Grund zu fragen. An der Tür dreht er sich noch einmal um. „Warum fragst du mich nicht nach meinem Namen?“

Du starrst auf dein Häufchen Asche, als bedürfe es jeder Konzentration. Erst als er hinausgeht, wagst du, die Augen zu schließen und tief einzuatmen.

Der Abend schleicht sich rasch heran und bedeckt die Welt mit Finsternis. Du streichst die Paste aus Asche und Blütenblättern behutsam über die Schneide deiner Axt und hoffst, dass die Lilie bedeutend genug für den Geist ist. Jede Seele wirft Anker in diese Welt und diese Ketten machen sie verwundbar. Wenn du dich irrst, bringt die Nacht einen neuen Tod.

Dein Gastgeber ist schweigsam gewesen, seit er mit der Blüte zurückgekehrt ist, und seine Stille zerrt an dir. Du erträgst die Nähe dieses Mannes nicht und vertraust ihm dennoch. So sehr erinnert er dich an einst, dass du fliehen willst. Doch dein Körper flieht nie.

„Ich bin Garvir.“

Du blickst irritiert auf.

„Ich weiß, warum du nicht fragst. Finna ist ein namenloser Geist für dich, und ich bin bloß der Narr, der sie liebte. Aber ich will nicht, dass wir beide nur Schemen sind, die du vergisst, wenn du fortgehst. Ich bin Garvir und liebte Finna. Wir verdienen es, Namen zu tragen." Er blickt dich entschlossen an und lässt dein Herz schneller schlagen. Du willst etwas erwidern, doch deine Lippen haben vor langer Zeit vergessen, die richtigen Worte zu formen, also gehst du auf ihn zu. Es fröstelt dich in seiner Nähe, aber du fühlst dich geborgen; ein altbekanntes Gefühl. Du verträgst keine Wärme mehr.

„Garvir, ich ..." Erst jetzt fällt dir der Raureif auf, der den Tisch erklimmt. Erste Nebelschwaden kriechen in den Raum. Schnell greifst du zur Axt, da pfeift auch schon der Wind durch jedes Löchlein. Du kennst seine Melodie; es ist das Lied der wahren Liebe, die jedes Äon überdauert. Du hattest es selbst zur Hochzeit gesungen. Fenster und Türen klatschen den Takt.

Und dann durchschreitet sie die Holzwand, als bestünde das Häuschen selbst nur aus Nebel. Sie glänzt hell wie Sternenlicht, doch ihre Schönheit ist fahl. Du stellst dich ihr in den Weg, doch ihr verzweifelter Blick gilt nur ihrem Geliebten. Sie hebt die Arme, um nach ihm zu greifen, denn heute holt sie ihre wahre Liebe zu sich.

Du greifst sofort an. Erst als du ihre Gestalt zerteilst, als wäre sie nur aus Rauch geschaffen, beachtet sie dich. Ihr silberner Glanz färbt sich rot und die grazilen Finger wachsen zu schwarzen Krallen. Mit einem gellenden Schrei stürzt sie sich auf dich und du schlägst erneut nach ihr. Sie faucht, versucht deine Kehle zu greifen, aber erwischt nur den linken Arm. Du ignorierst den Schmerz und attackierst unermüdlich, bis ihre verzweifelte Gestalt blass wird. Asche rieselt aus ihren Wunden und bedeckt den Boden. Gleich ist es geschafft.

Garvir schreit auf. Sofort blickst du zu ihm und siehst ein verhülltes Wesen über ihm stehen, das seine blutige Kralle aus Garvirs Fleisch zieht. Du erstarrst. Kalte Geisterklauen graben sich in deine Schulter und diesmal schreist du auf. Dennoch schlägst du nicht zurück, sondern rennst zu Garvir, der wie leblos am Boden liegt.

Das Wesen wendet sich dir zu, und du erkennst Liskolfs hassverzerrtes Gesicht, als er sogleich zum Schlag ausholt. Du reißt die Axt hoch – zu langsam. Er zieht dir seine Kralle über die Brust, die sich durch dein Wams hindurch ins Fleisch schneidet. Drei gebogene Messer sind auf einem Gestell an seine Hand gebunden und er führt diese fremdartige Waffe gekonnt. Keuchend lässt du dich zurückfallen und bereitest deinen nächsten Angriff vor. Aber er ist geschickter als deine üblichen Gegner, du kannst nur seinen Arm streifen, während sich seine Klingen in dein Bein schlagen. Du stolperst und fällst auf ein Knie, kannst den Angriff mit der Waffe blocken, doch die Wucht reißt dich um. Er tritt auf deinen Arm, als du vor ihm liegst, damit du die Axt nicht mehr rühren kannst. Du willst ihn treten, doch das schmerzende Bein gehorcht dir nicht.

Er grinst auf dich herab, als er zum Angriff ausholt. Und erstarrt. Schwarze Finger haben sich um seinen Hals gelegt, er ringt nach Luft und dreht sich zum tiefroten Schemen um, der sich langsam aus der Wand löst.

Liskolfs Verwunderung währt nicht lang. Mit der linken Hand packt er Finna an den Haaren und schlägt ihren Kopf immer wieder gegen das Holz, bis von ihr nichts bleibt als ein Häufchen dunkler Asche. Der Mörder ist stets der größte Anker in dieser Welt und in seinen Händen ist ein Geist fragil wie Lilienblüten.

Aber die Zeit reicht dir, um dich zu erheben, und als er sich siegessicher umdreht, wird er von deiner Axt begrüßt. Du spaltest seine Schulter, sodass er die Kralle nicht mehr heben kann. Er bäumt sich dennoch auf, rammt dich mit seinem Körper, aber diesmal verlierst du nicht den Halt. Die Axt kommt auf seinem Rücken nieder, und er blickt ungläubig zu dir auf, als du mit einem letzten Schlag den Hals durchtrennst. Du kamst, um einen Mörder zu vernichten, und das hast du getan. Müde sinkst du zu Boden und fühlst deine Wunden pochen. Dennoch schleppst du dich zu Garvir, der zusammengesackt an der Wand lehnt. Deine Hand zittert, als du nach seinem Hals greifst. Und dann lächelst du.

Der Morgen blickt golden durch die Fenster, als Garvir endlich erwacht. Du hast eure Wunden genäht und deine Sachen gepackt. Eigentlich ziehst du wortlose Abschiede vor, aber diesmal wartest du.

„Finna?" Seine Stimme klingt schwach, dennoch bist du erleichtert.

„Erlöst – und sie war keine Mörderin. Sie wollte dich nur warnen. Liskolf tötete alle Konkurrenten, bis du dich selbst als Finnas Auserwählten verraten hast."

Er lächelt kurz, doch wird dann ernst. „Du … gehst?"

„Ich habe keine Lust, für Liskolfs Tod gerichtet zu werden."

„Er hat uns angegriffen."

„Das wird mir niemand glauben. Das tun sie nie." Du schließt kurz die Augen. Dein grimmiger Ton tut dir leid.

„Diesmal schon. Ich werde für dich sprechen. Bitte, bleib." Er lächelt, und du schluckst schwer. Für einen Moment willst du deine Tasche sinken lassen, dich an sein Bett setzen und über sein Gesicht streichen. Dich wieder erinnern, wie sich Wärme anfühlt. Die Vergangenheit ins Hier und Jetzt reißen, wo sie als Wirklichkeit wiedergeboren wird. Doch dann sehnst du die Kälte herbei, und ich gehorche meinem Anker und küsse deinen Nacken, als wäre ich noch immer ein lebendiger Teil deiner Welt.

„Nein, du gehörst Finna." Du reibst über die kühle Haut und richtest deinen Kragen auf.

„Finna ist nun frei, also bin ich es auch", flüstert er, doch du willst glauben, der Wind pfeift ein Lied zwischen den Ritzen.

Du wendest dich ab und verlässt das Dorf, um dich zum nächsten Geist treiben zu lassen. Und ich führe dich auf eine neue Fährte. Vielleicht verstehst du dieses Mal, dass man die Toten ziehen lässt. Oder du findest den Tod, der uns beide erlöst.

Über Annette Juretzki

Annette Juretzki wurde 1984 in Polen geboren, ist in Niedersachsen aufgewachsen und nach einem ausgiebigen Schwenker Richtung Bremen letztlich in Osnabrück gelandet. Auf dieser Reise lernte sie nicht nur erfolgreich Lesen und Schreiben, sondern baute auch eine leidenschaftliche Hassliebe zu ihrem Computer auf und und wenn sie nicht gerade über ihre Hardware flucht, flucht sie über ihre Würfel beim Pen&Paper-Rollenspiel. Außerdem studierte sie Religionswissenschaften, denn so ein Diplom kann man immer mal gebrauchen.

2017 erschien mit dem Science-Fiction-Roman »Sternenbrand 1: Blind« ihr Debüt, eine Space Opera um queere Aliens, uralte Geheimnisse und PewPew. Ihr neuer Roman »Von Rache und Regen: Regentänzer« führt in eine eisenzeitliche Fantasywelt. Mit Zombies.

Die fortgesetzten Abenteuer des Spaceschiffs Plastilon

von Jasper Nicolaisen

Now the Bible tells the Schtorie
von einem wackr'ren Schiff
das bravte keine Wogen
und schiffte um kein Riff

Es flitzte durch die Sterne
und glänzte silberhell
die Fenster war'n aus Mondenstein
die Düse zischte grell

Mit Bioplasemerase-
-tentakeln vielbewehrt
schwang es sich wie ein Affe
um Sonnen unbeschwert

Es flitschte wie ein Stein so platt
durch die Kometengürtel
und schwebte als Schwarzlochballong
durch Gastrabantenviertel

Wie dieses Wunderschiff wohl hieß
Das fragt ihr kleinen Quarks?
Dann setzt euch hin im gleichen Spin
und schaut, ob ihr es rats!

Was ist mal groß, dann wieder winzig?
Was flitzt durch Fermi-, Any- und
  Boson?
Was hilft den Schwachen, haut die
  Bösen?
Richtích! Das Spaceschiff Plastilon!

Nie war im Space ein Schiff so stark
das solcher Heldenmut umwehte!
Nie war ein Schiff so listenreich
gebaut aus bunter Knete!

Beschoss man es, dann franste es
Wenn man es schlug, dann dellte es
Bestahlt' man es, strahlt' es zurück
Enterte man, dann bellte es

Es kläffte und es fiepte
Es zischte und es wieherte
War doch die ganze Wesenschaft
'ne Viererbande Knetetiere

Commanderin war Jamestier Wurm
die war ein Jamestier vom Saturn
und ging in einem Hosensturm

Commander war Flash Bärguin
der war halb Bär, halb Pinguin
und auch ein Blitz war noch mit drin

Ax Alopex war Commandeuse
ein Eisfuchs von der Beteigeuze
im weißen Robotergehäuse

Mit Säurebrodem Kommandente
war die terraner Drachenente
die hatte 90 Genprozente

Von tausendeinem Abenteuer
das die Quadriga je erlebt
sei hier, weil ihr noch Teilchen seid,
nur eines schnell erzählt

Die Nachtschnexe vom Kohleisring
ist eine böse Lebensform
am Hintern hat sie Gift und Schleim
zum Hexen vorn ein Horn

Mit diesem Horn behexte sie
worauf ihr Trachten zielte
zu Zeit, da die Geschichte spielt
Prinz Wirrtakel den Vielten

Seine durchsaugte Näpfigkeit
der leider nicht der hellste war
war obendrein noch nix und nutz,
doch Thronfolger von Hafgufar

Das ist ein Schlabberplanetoid
ganz formlos, doch mit Geißeln
der blubbert transparent herum
in einem Zwillingssonnengleißen

Auf eben diese beiden Sonnen
war auf der Suche nach mehr Energie
für ihren Kohleiskompostmix
nun auch die Nachtschnexe gekommen

Zum Prinzen schnexte sie des Nachts
und schleimte was das Zeug hielt
sie knutschte und behexte ihn
das konnte sie verteufelt

Der Thronfolger war nicht umsonst
ein Wirrtakel geheißen
wenn sich die Wurmfortsätze wirrten
dann
ging ihm das Hirn oft in Ruhestellung

Behext, beteufelt und bewildert
Sprang er zu seiner Frau Mama
die auf dem Thron saß und deshalb
auf Hafgufar Monarchin war

Die Nacht, die will ich heiraten
verdammt, ich mein die Schnexe!
Noch heut die Ehe muss es sein
weil ich mich giftig fexe!

Ihr wisst ja, meine Fruchtquärkchen,
wie man Atome wickelt
und zwar um eure Fingerchen
wie gleichungsfromm gekrickelt

So konnt es auch der Quallenprinz
die Mama musste folgen
sodass schon gleich am Nachmittag
die Hochzeitsglocken quollen

Zum Fest geladen war ein jeder
ob Hummer, Kraken oder Krill
und auch das Raumschiff Plastilon
wie es der Zufall will

Hier ist was faul!
Wurmte sich
Commander Jamestier Wurm

Ganz recht!
Blitzte Flash Bärguin
in ihrem Hosensturm

Ob man mich haut, wenn ich
begann Ax Alopex
der Fuchs bin, der der Braut
misstraut?
Potz keineswegs!

Fiel quakend ein
und bracht den Satz zu Ende
mit zornerfülltem Flammenblick
die Terra-Drachenente

Sie sprangen auf, sie sprangen vor
Sie brüllten laut im Chor

Sie stürzten auf die Schnexe sich
Die quorrend rasch zurücke wich

Und mit dem Horn nach ihnen hexte
Worauf es Entenflammen setzte

Die die Komposterin mit Gift besprühte
Dagegen half ein Blitz, der glühte

Des Bären und des Pinguin
der hier zum Glück selbdritt erschien

Es nachtet, schnexet, flüchtet
Die Nachtschnexe und rüstet

Sich zum Entscheidungsschlag mit
Schleim
Ax Alopex stellt ihr ein Bein

Und merkt zu spät, dass sie keins hat!
Sie ist als Schnexe schnexenplatt!

Doch aus der Eisrüstung hervor
schraubt sich ein Wurm turmhoch
empor

und mampft der Bösewichtin glatt
die richtig böse Fresse ab

Geblendet muss sie gastropod
Auf den Kometen Inkommod

Für sieben Jahr hoch sieben Jahr
823543 macht das auf Hafgufar

Die Quallen jubeln noch dem Knetesieg
Indes die Plastilon schon weiterfliegt

Nur spät noch unter Zwillingssonnen
hat man den wirren Prinz vernommen

Von Knetepfoten bass gestaucht
hat er noch dümmlichst „ja!" gehaucht

Nun wisst ihr, wie die Plastilon
mit Schurken dieser Art verfuhr
schön sachlich und auch konsequent
doch gänzlich ohne Racheschwur

Mit Jamestier Wurm, Flash Bärguin
mit ihrer Drachenente
und Alopex, dem Eisigherz
kam stets das gute Ende

Und Ende ist auch für euch hier
Zu Bett! Und stillgespint
Damit ihr morgen wieder frisch und
neu
Den Kern zusammenhalten könnt

Was ist denn noch? Du kleinstes
Quark?
Kannst du partout nicht schlafen?
Ob denn die Drachenente, willst du
wissen
Eine Knetetier sei ohne Namen?

Nun deck dich zu mit Sternenstaub
und zähl ganz leis bis Pi
Dann flüster ich dir noch ins Ohr:
Schnuffeline, so hieß sie!

Über Jasper Nicolaisen

Jasper Nicolaisen (*1979) ist Autor und systemischer Therapeut. Er mag kulturellen Schund und Schmutz, Boxen und die komplizierten Probleme anderer Leute. Sein erster Roman „Ein schönes Kleid“ erschien 2016 im Querverlag. 2019 folgte dort der Roman „Erwachsen“ und „Totes Zen“ im Ach je Verlag. Mit Mann und Kind lebt er in Berlin.

Feuer

von Lena Richter

Inhaltswarnungen

Verletzungen, Blut, bewaffnete Auseinandersetzung

Am Tag, an dem ich die Amazone im Leichenhaus fand, war ich zum fünfzehnten Mal von zu Hause weggelaufen.
Die Wut hatte mich vor sich hergetrieben wie der Sturm einen Schwarm Drohnenvögel treibt, hatte meine Schritte durch die Hinterhöfe, Barackensiedlungen und Häuserruinen gelenkt, bis ich schließlich in der dunklen Stille des Leichenhauses wieder zu mir kam. Es war das letzte Gebäude innerhalb der Stadtgrenze von Vilas. Ich war so weit gelaufen, wie es mir möglich war.

Die Wut in mir war ein Monster mit zu vielen Tentakeln. Sie schnürten meinen Magen zusammen, ließen meinen Körper vor Zorn zittern, ballten meine Hände zu Fäusten und ließen sie gegen Wände schlagen und Tische umwerfen. Sie würgten Worte aus meiner Kehle hervor, hasserfüllte Worte, die wie Pfeile durch den Raum flogen und ihr Ziel in den betroffenen Augen meiner Väter fanden, in dem zusammengepressten Mund meiner Schwester. Ich wusste nicht, wie ich das Monster zähmen konnte. Ich konnte nur die Scherben aufsammeln, wenn die Tentakel mich aus ihrem Griff entlassen hatten. Jedes Mal hoffte ich, dass es das letzte Mal gewesen wäre, dass ich das nächste Mal stärker wäre als das Monster. Aber wenn es grollend in meinem Herzen erwachte und den Puls in meinen Ohren dröhnen ließ, wusste ich, dass ich verloren hatte. Also lief ich weg. Es war das einzige, was mir einfiel, um noch mehr Schaden zu verhindern. Ich sah seit Wochen die stumme Trauer in den Augen meiner Familie. Jedes Kind kannte die Geschichten von *der Wut,* die manche Menschen im jungen Alter befiel wie eine Krankheit und sie zu Ausgestoßenen machte, unfähig, mit anderen zusammenzuleben. Als mein vierzehnter Geburtstag kam und ging, waren wir angespannt und misstrauisch gewesen, aber nichts war passiert. Die Zeit der Sonne verbrachten wir glücklich. Einmal kaufte Vater frisches Fleisch und Gemüse von einem der *Kehalassi*, der fahrenden Händler, die das Land auf ihren Schrottstieren durchquerten. Papa grillte das Essen hinter dem Haus, während Zirti und ich einen Erdbeerapfel penibel in vier Teile schnitten. Als die Sonne hinter den Ruinen der alten Öltürme versank, aß jeder von uns sein Viertel in schweigendem Genuss. Ich konnte den Geschmack noch auf der Zunge spüren, als die Zeit der Ernte anbrach. In wenigen Wochen wurde ich einen Kopf größer, meine Stimme sackte nach unten und in mir erwachte die Wut.

Dass ich nicht allein war, bemerkte ich zu spät. Wenn das Monster in mir zur Ruhe ging, ließ es mich zutiefst erschöpft zurück. Ich lehnte mich gegen die dicken, kühlen Wände des Leichenhauses und fühlte meinen Herzschlag flacher und langsamer werden. Erst als mein eigener Atem leise genug war, hörte ich, dass ich nicht der Einzige war, der atmete. Jemand war hier. Jemand atmete flach und gepresst, vermischt mit einem kehligen Wimmern. Es war dunkel im Inneren des Gebäudes, denn auch wenn hier schon lange keine Toten mehr aufgebahrt wurden, hatte niemand je die Notwendigkeit gesehen, mehr oder größere Fenster in die Wände zu setzen. Einen Moment lang verharrte ich lauschend. Eigentlich war klar, was zu tun war. Zwei leise Schritte zurück zur Tür, dann nach draußen rennen und nicht anhalten, ehe der bewohnte Bereich von Vilas erreicht und ich in Sicherheit war. Ich könnte sogar Meldung bei SUN machen und berichten, dass jemand hier war. Vielleicht versteckte sich eine Person hier, die ein Verbrechen begangen hatte, oder ein Technimal, oder ein wildes Tier aus der Kleinöde. Vielleicht würde ich eine Belohnung bekommen. Vielleicht wären meine Väter dann wieder stolz auf mich. All dieses Hätte-Wäre-Wenn schoss mir durch den Kopf, als ich den ersten Schritt in den Raum machte.

Zögerlich zog ich eine Handvoll Glühstaub aus meiner Tasche und pustete ihn in die Luft. Im fahlblauen Leuchten, das nach wenigen Sekunden von ihm ausging, sah ich in der Ecke des Raumes eine Gestalt auf einer zerschlissenen Matratze liegen. Das Leichenhaus diente manchmal den Armen und Ausgestoßenen als Unterschlupf für ein paar Nächte, ebenso wie hier zwischendurch die älteren Jugendlichen mit Animal-Hop und AntCider ihre Partys feierten, auf die ich noch nie eingeladen worden war. Leichen hatten hier jedenfalls keine mehr gelegen, seit damals das Verbrennen der Toten gesetzlich vorgeschrieben wurde, nachdem ein paar Hundert Untote die Bucht von Salaro überrannt hatten. Ich kannte die Geschichte. Ich hatte ein Holospiel dazu, das Zirti und ich gespielt hatten, wenn wir allein zu Hause waren. Unsere Väter hätten es sofort aus dem Haus verbannt, aber die Zombies in dem Spiel waren nicht besonders gruselig und zu zweit auf sie zu schießen machte Spaß. Trotzdem wünschte ich, die Geschichte mit den lebenden Leichen wäre mir nicht gerade jetzt wieder eingefallen. Aber als ich im heller werdenden Leuchten des Staubs endlich erkannte, wen ich gefunden hatte, vergaß ich alle anderen Geschichten. Alle außer die von Arimena Alar.

Geschichten waren das Größte für mich. Mir war egal, ob sie aus elektronischen Büchern stammten, aus den alten Magazinen, die ich als Dämmung in den Wänden unseres Hauses entdeckt hatte, aus den Gute-Nacht-Geschichten meiner Eltern oder aus den Holospielen, für die Zirti und ich wochenlang Kupfer sammelten und Rattenfallen leerten. Die Geschichten ließen die Alte Welt wieder lebendig werden, ließen mich als Seefahrer über die Meere ziehen, die damals noch nicht ausgetrocknet gewesen waren. Sie erzählten von den glitzernden Lichtern der Orbitalstationen, dem Letzten Krieg und seinen Heldentaten, von mutigen Frauen und gewitzten Männern, mit denen ich mitfieberte. Aber keine Geschichte liebte ich so sehr wie die von Arimena Alar, der Amazonenkönigin. Sie war die Heldin Dutzender Filme und AniComics ebenso wie die Titelfigur der *Feuerkönigin*-Trilogie, die ich mindestens zehnmal von vorne bis hinten durchgespielt hatte. Zu meinem achten Geburtstag hatte Vater mir aus Stoffresten einen blau-goldenen Umhang geschneidert, wie Arimena ihn in den Filmen trug. Ich war überglücklich und trug ihn beim Spielen mit den anderen Kindern, bis er nach einem Jahr nur noch in Fetzen hing. Die neidischen Blicke meiner Freunde und Freundinnen waren fast noch besser gewesen als das Geburtstagsessen. Ich träumte davon, so mutig und frei wie die Königin der Amazonen zu sein, so wie kleine Kinder es eben tun. Dass ich nur ein Junge war, war mir gleich. Und dass der Krieg der Amazonen gegen die letzten Heerscharen der Alten Welt nicht nur ein erfundenes Märchen war, erfuhr ich erst später, als Papa ein Schul-Holo über alte Geschichte aufgetrieben hatte. Ich wollte sein wie Arimena Alar mit ihrem flatternden Umhang, dem goldenen Haar und der riesigen Schwertmuskete, die auf ihrem treuen Gefährten Geronimo, dem schnellsten der Sturmtapire, Heldentaten vollbringt.

Die Frau auf der Matratze sah nicht aus wie Arimena Alar.

Natürlich erkannte ich sie sofort als Amazone, denn ihre Arme und Beine waren in eng anliegende Kleidung aus Schuppenseide gehüllt. *Leicht und biegsam und doch hart wie Stahl.* So hieß es in den Geschichten, aber aus dem rechten Bein der bewusstlosen Frau ragte ein Bolzen, der fast so dick war wie mein Daumen. Über der Schuppenseide trug sie eine knielange Brünne aus Zirbelplast, voller Flecken, abgeplatzter Stellen und Dreck. Ratlos ging ich neben der Matratze auf die Knie. Die Kleidung und die neben ihr liegende Schwertmuskete zeigten eindeutig, dass die Bewusstlose zu den Amazonen gehören musste. Ich hatte gehört, dass sie in den letzten Jahren ihre Festung verlassen hatten und durch die Lande streiften. Doch sie wirkte völlig anders als die Amazonen in meinen AniComics und Spielen. Im Stehen hätte sie mich höchstens um eine Handbreit überragt. Ihre Haut war noch dunkler als meine und ihr Haar war weder golden noch wallend, sondern kurz, dunkel und ziemlich fettig. Und vor allem war sie nicht hier, um Heldentaten zu vollbringen, sondern brauchte ganz dringend selbst Hilfe. Das Blut aus der Wunde an ihrem Bein hatte schon die Matratze durchtränkt und sie hatte noch nicht einmal bemerkt, dass ich neben ihr kniete. Ihre Augenlider flatterten, Schweiß stand ihr auf der Stirn. Ich aktivierte die Lampe des alten Kommunikators, den ich ums Handgelenk trug. *3 verpasste Anrufe*, zeigte das Display an, dazu die erste Zeile einer Textnachricht von Zirti. *WO BIST DU, TARNIK? ICH MACHE MIR* – ich wischte die Nachrichten weg und richtete den Lichtstrahl auf den Bolzen im Bein der Amazone. Es sah aus, als wäre sie in eine der Selbstschussanlagen geraten, die Vilas umgaben. Die meisten von ihnen stammten aus der Zeit des Letzten Krieges und funktionierten kaum noch. Sie musste wirklich Pech gehabt haben. So etwas war Arimena nie passiert. Ich beugte mich vor, schnupperte vorsichtig an der Wunde und roch Blut, Schweiß und den stechenden Duft von Schlangenginster. Diese Büsche wuchsen nur hier, in den Ausläufern des Gebirges, und ihr Gift haftete, einmal aufgetragen, für Jahrzehnte auf einer Klinge oder einem Bolzen. Doch auch ein Schnitt an den Dornen war giftig, ebenso wie der Blütenstaub, der die Stadt am Ende des Frühlings wie eine gelb schillernde Wolke umgab. Und genau deswegen hatte ich, wie eigentlich alle in Vilas, stets eine Dosis des Gegengifts bei mir.

Die Amazone erwachte eine halbe Stunde später. Mit einem Ruck setzte sie sich auf und tastete nach ihrer Waffe – erfolglos, ich hatte alles, mit dem sie mich verletzen konnte, außer Reichweite geschafft. Ich hatte ihr das Gegengift eingeflößt, nach einigem Zögern das scharfe Messer von ihrem Gürtel genommen und die durchgeblutete Schuppenseide um den Bolzen herum abgeschnitten. In einem der üblichen Verstecke hatte ich eine Flasche des klaren Alkohols gefunden, den die älteren Jugendlichen für ihren selbst angesetzten AntCider benutzten. In dem Zombiespiel konnte man Alkohol immer benutzen, um Wunden zu desinfizieren, auch wenn ich nicht genau wusste, wie. Letztendlich hatte ich einfach die halbe Flasche über die Wunde geschüttet. Den Rest konnte sie ja immer noch trinken, falls das der Trick dabei war.

„Wo bin ich?" Sie atmete schwer, sah sich um und verzog das Gesicht, als sie direkt in die Lampe meines Kommunikators schaute. Er hatte in den letzten Minuten noch zweimal einen Anruf angezeigt, aber ich konnte jetzt nicht mit meiner Familie sprechen. Was sollte ich ihnen erzählen? Dass ich eine verletzte Amazone im Leichenhaus gefunden hatte? Dass ich aus einer Laune heraus beschlossen hatte, ihr zu helfen, statt wegzulaufen, und ihr sogar mein kostbares Gegengift gegeben hatte? Vielleicht hätte ich das tun können, als noch alles gut war. Aber seit die Wut in mir wohnte, war jeder weitere Zwischenfall nur ein weiterer Keil, der zwischen mich und meine Väter getrieben wurde.

„Du … du bist im Leichenhaus von Vilas." Ich war mir nicht sicher, ob ich sie anders hätte ansprechen müssen.

In den Filmen über Arimena kniete das einfache Volk stets dankbar vor ihr und brachte ihr höchste Ehrerbietung entgegen. Aber da hatte sie ja auch schon zahllose Heldentaten vollbracht, während die Verletzte meine Hilfe gebraucht hatte. Kurz hatte ich überlegt, ob ich den Bolzen aus ihrem Bein ziehen konnte, aber er steckte fest in ihrem Oberschenkel und ich hatte keine Ahnung, was ich danach hätte machen sollen. Normalerweise verarztete man blutende Wunden mit Dermaglue, aber dazu hätte ich sie zu einem Krankenhaus bringen müssen.

Ich schaltete die Lampe aus, damit sie mich besser sehen konnte. Wir saßen einander gegenüber, während der Glühstaub unsere Gesichter in blassblaues Licht tauchte. „Der Bolzen in deinem Bein, da war … er war mit Schlangenginster bestrichen. Gift. Ich habe dir ein Gegengift gegeben und jetzt … bist du wach", stotterte ich.

Ihr Blick wurde klarer, schweifte einmal durch den großen Raum. Sie nickte.

„Danke, Junge."

Ihre Stimme war leise und ein wenig kratzig. Mehr sagte sie nicht. Enttäuschung machte sich in mir breit. Ich hätte erwartet, dass sie nun erklärte, in meiner Schuld zu stehen. Ich hatte schon überlegt, um was ich sie hätte bitten können. Vielleicht hätte sie meinen Vätern erklären können, warum sie mein Gegengift gebraucht hatte. Oder sie hätte mir ihre Schwertmuskete schenken können. Eine solch seltene Waffe hätten wir verkaufen können, sie hätte meine Familie ein Jahr lang versorgt. Aber sie sagte nichts, sondern zog nur selbst eine Lampe hervor und begann ihr Bein zu untersuchen, in dem noch immer der Bolzen steckte.

„Es gibt ein Krankenhaus hier", sagte ich. Ich könnte sie wenigstens auf dem Weg dorthin stützen und alle in der Stadt würden sehen, dass ich es war, der die Amazone gefunden und gerettet hatte.

Aber ihre Augen verengten sich und sie schüttelte den Kopf.

„Dort würde man mir nicht helfen. Wir sind hier nicht willkommen."

Ich starrte sie verwirrt an. Wie konnten Amazonen irgendwo nicht willkommen sein? Sie waren doch die Heldinnen, die den Letzten Krieg beendet hatten.

„Aber … aber warum?", fragte ich.

Die Amazone zögerte. Sie richtete die Lampe auf mein Gesicht und entspannte sich dann sichtlich. Offensichtlich war ihr klar geworden, wie ungefährlich ich war. Nur ein kleiner Junge. Ich sah zu Boden und fühlte mich wütend und verlegen gleichzeitig.

„Entschuldige", sagte sie dann, ihre Stimme weicher als zuvor. „Hast mir geholfen und ich habe mich nicht mal vorgestellt. Ich bin Cyrix."

„Ich heiße Tarnik", murmelte ich gen Fußboden.

„Danke, Tarnik. Du kannst jetzt gehen. Ich komme zurecht."

„Aber … aber dein Bein! Der Bolzen steckt immer noch drin. Und warum sollte man dir im Krankenhaus nicht helfen? Du … du bist doch eine Amazone. Ohne euch wäre doch damals die Welt untergegangen!"

Sie schüttelte den Kopf und musterte mich mit einem Blick, den ich nicht einordnen konnte. Lachte sie mich aus? Oder hatte sie Mitleid mit mir?

„Der Krieg ist lange her", sagte sie dann. „Niemand von uns beiden hat ihn miterlebt. Niemand von uns kennt auch nur eine Person, die ihn erlebt hat."

Ich nickte. Die älteste Frau in Vilas war die alte Garine, doch auch sie mit ihrem schlohweißen Haar und dem Gesicht voller Falten kannte den Letzten Krieg nur aus den Erzählungen ihrer Großeltern.

„Aber es gibt doch Geschichten", protestierte ich.

„Ah, Geschichten. Lass mich raten – Königin Anemona und ihre großen Taten?"

„Königin *Arimena*", korrigierte ich mit Nachdruck. Wie konnte sie die berühmteste Amazone von allen nicht kennen?

„Das sind Geschichten, Tarnik. Märchen, die man Kindern erzählt. Nicht komplett erfunden. Aber alles andere als wahr."

„Aber ... aber die Amazonen haben doch den Krieg beendet! Alle wissen das, wir haben es in den Schul-Holos gelernt, und meine Väter haben es mir auch erzählt." Der Steinboden des Leichenhauses unter meinen Füßen schien zu beben. Geschichten waren das Größte. Geschichten hatten mir immer geholfen, wenn ich mich einsam oder unverstanden fühlte. Und jetzt sollten sie nichts wert sein? Etwas, das man vergisst, wenn man erwachsen wird? Ich fühlte trotz meiner Erschöpfung und Verwirrung, wie das Monster meiner Wut im Schlaf grollte.

„Ich kann dir erzählen, was ich über den Krieg weiß", sagte Cyrix. „Aber ich weiß nicht, ob es dir gefallen wird." Sie begann in einer kleinen Tasche zu kramen, die an ihrem Gürtel hing. „Erst muss der Bolzen raus. Und ich muss ein anderes Versteck finden. Ich fürchte, er ist mir gefolgt."

„Gefolgt?" Ich hatte nicht einen Moment lang gedacht, dass sie sich die Verletzung anders zugezogen haben könnte als durch die alte Selbstschussanlage. „Wer ist dir gefolgt?"

„Ein Mann, der hinter mir her ist. Glaube nicht, dass du ihn kennst." Sie zog eine kleine Spritze aus der Tasche und setzte sie an die Stelle neben dem Bolzen an. „Er ist hinter mir her, seit ich in diese Gegend gekommen bin. Einer von den *Erneuerern*."

„Wem?" Davon hatte ich noch nie gehört, weder in den Schul-Holos noch in einer Geschichte.

„Ein Bündnis, das sich auf die Zeit vor dem Letzten Krieg beruft. Die Erneuerer der Alten Welt." Ihr Gesicht zeigte Verachtung. „Werden leider immer mehr in letzter Zeit. Sie jagen Amazonen und Technimals, erschießen vercyberte Tiere. Sind hinter jedem her, der Implantate oder Fähigkeiten hat. Wenn es nach ihnen ginge, würden sie die Alte Welt wieder aufbauen, mit ihren abgeschotteten Inseln für die Reichen, ihren Heeren und ihren Kriegsmaschinen. Und wir anderen könnten abkratzen." Cyrix klopfte auf ihr Bein und war offenbar zufrieden mit der Wirkung der Spritze.

„Also, wenn du willst, dann kannst du mir helfen, diesen Bolzen rauszuziehen und dann erzähle ich dir alles, was du wissen willst. Nur nicht hier."

Ich nickte eifrig. Anscheinend gab es eine Menge Dinge, die ich nicht wusste. Und eine echte Amazone würde das ändern.

„Also, was soll ich –

Die Tür flog mit einem ohrenbetäubenden Krachen aus den Angeln.

Blendend weißes Licht.

Schrilles Pfeifen.

Harter Steinboden an meinem Gesicht, taube Finger, Schmerzen, klebrige dunkle Flüssigkeit tropfte mir in die Augen.

Keuchend versuchte ich zu verstehen, wo ich war und was passierte. War ich bewusstlos gewesen, und wenn ja, wie lange? Wo war Cyrix?

Ich blinzelte heftig, wischte das Blut aus meinem Gesicht, noch gehorchten mir meine Arme. Ich stemmte mich hoch auf alle viere. Hörte einen Bolzen durch die Luft sirren und an der Wand zerschellen, eine Männerstimme fluchen.

Ich atmete tief, meine Augen gewöhnten sich endlich an das Licht aus einem Dutzend tanzender Leuchtdioden, die grellweiße Kegel durch den Raum warfen. Die Matratze war leer, die Splitter des Bolzens auf ihr verteilt. Cyrix musste trotz der Verletzung ausgewichen sein. Eine große Gestalt stand mit dem Rücken zu mir, warf wütend einen Bolzenwerfer zu Boden. Wo war die Amazone? Sie konnte nicht weggelaufen sein, nicht mit dem verletzten Bein.

„Zeig dich endlich, Amazonenschlampe!" Der Mann schien mich noch nicht bemerkt zu haben. Er zog ein langes Messer aus dem Gürtel. Wieder roch ich Schlangenginster.

Hinter einem der Steintische, die vor langer Zeit zum Aufbahren der Leichen gedient haben mussten, bewegte sich etwas. Der Erneuerer sah es im selben Moment wie ich und sprintete los. Mit einem Satz war er über den Tisch und holte mit dem Messer aus. Im flackernden Licht sah ich, wie Cyrix seinen Arm mit ihrer Hand abblockte, sich drehte und ihren Ellenbogen in der Magengrube ihres Verfolgers versenkte. Er keuchte, ließ aber das Messer nicht los.

Mit einem Mal wurde mir klar, dass ich sie entwaffnet hatte, damit sie mir nichts tun konnte. Noch dazu war sie schwer verletzt.

Es würde meine Schuld sein, wenn sie starb.

Dieser schreckliche Gedanke riss mich endlich aus meiner Starre. Ich krabbelte über den Boden, dorthin, wo ich Cyrix' Messer vorhin gelegt hatte. Meine Hand schloss sich um den Griff und ehe ich mir überlegen konnte, was ich da eigentlich machte, rannte ich mit dem Messer voran auf den Angreifer zu. Er schmetterte der Amazone gerade aus der linken Hand etwas entgegen, was sich mit einem weiteren Krachen entlud. Während sie nach hinten geschleudert wurde, wirbelte er herum und hob sein Messer zur Abwehr. Ich erreichte ihn, stach nach ihm, mein

Messer prallte auf seins und wurde mir aus der Hand geschleudert. Ein schneller Halbkreis seines rechten Beins zog mir die Füße weg und ich landete erneut schmerzhaft auf dem Rücken. Er wandte sich ab.

Schmerzen vibrierten durch meinen Arm und meinen Rücken. Schon wieder war Blut in meinem Gesicht. Mühsam und nach Luft ringend setzte ich mich auf, mehr aus Instinkt als mit irgendeinem Plan. Die Erkenntnis, dass ich hier und jetzt sterben könnte, erfüllte mich mit lähmender Angst. Cyrix war schwer verletzt und ich hatte dem Mann nichts entgegenzusetzen. Er würde erst sie töten und dann mich. Eine Flut von Bildern stieg in mir auf, als ich mir vorstellte, wie die SUN-Patrouille an der Haustür klingelte, um meinen Vätern von meinem Tod zu berichten. Wie Zirti weinend zusammenbrach. Wie ich nie mehr zurückkam, um mich zu entschuldigen für meine Wutausbrüche und all den Kummer, den ich ihnen bereitet hatte. Tränen brannten in meinen Augen und die Angst erreichte meine Kehle, ließ mich würgen.

In dem Moment, indem ich mich einfach wieder zu Boden sinken lassen wollte, erwachte mit lautem Grollen das Monster in mir.

Der Schrei, der durch das Leichenhaus hallte, erschreckte mich zutiefst, auch wenn ich ihn selbst ausgestoßen hatte. Ich wusste nicht, dass ich so brüllen konnte, so laut, so voller Zorn. Auf einmal war ich auf den Beinen, stürmte vorwärts. Der Erneuerer kniete über Cyrix, ein Knie auf ihrem verletzten Bein, das andere auf ihrem Oberkörper. Er führte das vergiftete Messer in Richtung ihres Halses. Ich rannte, brüllte, krachte in seine Seite. Zum dritten Mal schlug ich auf dem Boden auf, doch diesmal hatte ich ihn mit umgerissen. Ich schlug mit bloßen Fäusten in seine Richtung, erwischte ihn am Kinn, während er mir seinen Unterarm seitlich gegen den Kopf schlug. Das hier würde nicht gut enden, konnte nicht gut enden. Vielleicht hätte ich aufgeben und um mein Leben betteln sollen. Aber ein weiteres Mal hatten die Tentakel meiner Wut die Kontrolle übernommen, schlugen mit meinen Händen weiter auf den Angreifer ein.

Ich brüllte.

Und Cyrix antwortete.

Wieder traf der Erneuerer mich im Gesicht. Sterne tanzten vor meinen Augen. Ich hörte meinen Schrei, der sich mit dem der Amazone vermischte. Den Bruchteil einer Sekunde lang fühlte es sich an, als würde ich ihren Herzschlag in meiner Brust fühlen, ihre Gedanken in meinem Kopf hören. Ein weiterer Schlag gegen meinen Kopf. Schwarze Ränder zogen sich um mein Blickfeld zusammen, ich kämpfte, um bei Bewusstsein zu bleiben. Verschwommen sah ich, wie Cyrix auf die Beine sprang, der Bolzen wie vergessen. Sie brüllte immer noch, ihre Bewegungen schienen schneller zu werden, sie war heran, ehe der Mann reagieren konnte, riss ihn von mir fort. Mein eigener Schrei verstummte endlich. Die Wut verebbte, Schmerzen schossen durch jede Faser meines Körpers und alles wurde schwarz.

Als ich erwachte, lag ich auf der Matratze und Cyrix saß neben mir. Der Bolzen war aus ihrem Bein verschwunden, ein Verband angelegt. Von ihrem Verfolger war nichts mehr zu sehen.

„Was … ist … passiert?“, krächzte ich hervor.

„Er ist keine Gefahr mehr“, sagte sie ruhig. Ich fragte mich, ob sie ihn getötet hatte. Aber das war nicht das Wichtigste, was ich wissen wollte. Mühsam rollte ich mich auf die Seite, setzte mich mit ihrer Hilfe auf. „Du … du bist … du hast auch …“ Ich wusste nicht, was ich sagen sollte, was ich gefühlt hatte, als wir gemeinsam unsere Stimmen erhoben hatten.

„Ja“, erwiderte sie nur.

„Was ist mit mir? Mit uns?“

„Wir Amazonen nennen es das Innere Feuer.“ Cyrix tippte vorsichtig mit ihren Fingerspitzen gegen meinen Brustkorb und musterte mich. Ich blickte ihr in die Augen und erinnerte mich an die Verbindung zu ihr, die ich einen Moment lang gefühlt hatte.

„Die meisten außerhalb der Amazonenfestung haben vergessen, was es ist. Sie fürchten den Zorn, der in manchen jungen Menschen erwacht. Sie wissen, es hat etwas mit den Amazonen zu tun. Hassen uns dafür. Lassen uns nicht in die Städte, obwohl wir helfen könnten.“

„Helfen?“

„Das Feuer wird jene verzehren, die nicht lernen, es zu kontrollieren. Doch denen, die es beherrschen, wird es den Zorn und die Kräfte verleihen, gegen die zu bestehen, die diese Welt bedrohen. Du kannst es lernen.“

„Aber ich … ich bin ein Junge!“

Die Amazone schüttelte lächelnd den Kopf. „Vergiss die Geschichte von Königin Arimena. Männer, Frauen, Technimals, Vercyberte, Befähigte – das Feuer kann in jedem Menschen erwachen. Und wer es beherrscht und gegen die Kräfte kämpft, die die Alte Welt verbrennen ließen, ist eine von uns.“

Überwältigt vergrub ich das Gesicht in den Händen. Ich wusste nicht, was ich sagen sollte. Oder denken. Oder fühlen. Aber ich wusste, dass jetzt nichts mehr sein würde wie zuvor. Die Geschichten meiner Kindheit waren gleichzeitig ferner und näher als je zuvor.

„Es gibt so vieles, was wir nicht mehr wissen“, sagte Cyrix in mein Schweigen hinein. „Wir haben vergessen, wer uns das Innere Feuer schenkte. Wir wissen nicht, ob es wieder in vielen Herzen erwachen wird, jetzt, wo die *Erneuerer* stärker werden und sich die Alte Welt zurückwünschen. Deswegen haben die meisten von uns die Festung verlassen. Wir suchen nach Antworten. Und nach denen, in denen das Feuer erwacht ist. So wie in dir.“

Ich schluckte. Die Vorstellung, dass noch mehr Menschen in meinem Alter allein waren mit der Wut in ihnen, ohne zu wissen, was mit ihnen passierte, war überwältigend. Und dass es noch viel mehr Leute wie Cyrix' Verfolger gab, die mit vergifteten Messern und Bolzenwerfern Jagd auf diese Menschen machten, ließ mich vor Wut zittern.

„Ich möchte helfen!“, platzte ich heraus. „Ich will lernen, wie man dieses Feuer beherrscht. Und mit den Amazonen gegen diese Erneuerer kämpfen. Aber … aber erst musst du das alles meinen Eltern erklären."

Ich hörte Cyrix zum ersten Mal lachen.

„Bist noch sehr jung, Tarnik. Aber wir können jede Hilfe brauchen. Bring mich zu deiner Familie."

Als wir das Leichenhaus verließen, versank die Sonne gerade hinter den Öltürmen. Die Berge glühten rot und lange Schatten lagen in den Gassen von Vilas. Mein ganzer Körper schmerzte und Cyrix stützte mich.

Langsam gingen wir durch die Straßen meiner Heimat.

Ich blickte auf die vertrauten Häuser, hörte in der Ferne die Musik, die aus den Bars des Großen Marktes dröhnte und roch das Essen, das an den Straßenecken verkauft wurde. Irgendwo da draußen waren Leute, die all das hier zerstören wollten. Das Monster in mir regte sich bei dem Gedanken und ließ mein Herz schneller schlagen. Das Feuer in mir erwachte erneut.

Und zum ersten Mal hieß ich es willkommen.

Über Lena Richter

Lena (sie/ihr, cis, bi) lebt in Hamburg und ist Autorin, Lektorin und Übersetzerin, vor allem, aber nicht nur für Pen-and-Paper-Rollenspiele. Sie liebt fantastische Phantastik, betreibt gemeinsam mit Judith Vogt den queerfeministischen Rollenspielpodcast Genderswapped Podcast und schreibt Essays, beispielsweise für Tor-Online. Mehr zu ihr findet ihr auf ihrer Website **www.lenarichter.com** und auf Twitter unter **@Catrinity**.

Lena ist eine der Herausgeber*innen von Queer*Welten.

Die Heldenfresserin *oder* Mythos, destruiert

von Anna Zabini

Inhaltswarnungen

Implizite und explizite misogyne Gewalt, graphischer Femizid, Kannibalismus, gendered slurs, gewaltsame Körpermodifikation/ body horror; Referenz bzgl. häuslicher Gewalt, Cissexismus, Biphobie, Exotismus/Orientalismus

Ich möchte eine Geschichte erzählen. Also Ihnen, ja Ihnen persönlich. Ich möchte Ihnen diese Geschichte erzählen, und ich möchte sie richtig erzählen. Diese Geschichte ist nicht neu. Sie kennen sie bestimmt. Warten Sie, bleiben Sie trotzdem hier. Bitte. Sie kennen diese Geschichte, nicht wahr? Deswegen habe ich mich gefragt … na ja, ob wir sie gemeinsam erzählen können, die Geschichte?

Sie beginnt so: Ein Mann liebte eine Frau. – Sie ist tot.

Nein, das ist falsch. Die Frau kann nicht als Subjekt bestehen, da haben Sie recht, das muss heißen: Ein Mann liebte eine Frau. – Er tötete sie.

Falsch, meinen Sie? Oh, pardon, ich habe die Reihenfolge verdreht, es muss heißen: Ein Mann tötete eine Frau. – Er liebte sie.

Jetzt weiß ich es selbst. Das ist falsch. Falsch, dem Mann Liebe zu unterstellen, es muss heißen: Ein Mann tötete eine Frau. – Er begehrte sie.

Falsch, von ihr als Person zu sprechen. Nein, es muss heißen: Ein Mann tötete eine Frau. – Er begehrte ihre Leiche.

Ist es so richtig? Sie nicken, aber Sie sehen mich so an. So … abschätzig. Verzeihen Sie, wenn ich den guten Geschmack, also Ihren Geschmack, beleidigt habe. Sie liegen selbstverständlich richtig: Ich kenne die Wahrheit nicht. Beschränken wir uns auf die Fakten. Ich glaube, über die Fakten können wir uns einig werden.

Fakt eins: Ein Mann tötete eine Frau. Fakt eins ist ohne Fakt zwei nichtssagend und allgemeingültig, also lassen Sie mich rasch ergänzen: Er begehrte ihre Leiche. Das ist das Skelett dieser Geschichte. Aber es braucht Substanz, um es anzukleiden. Sie stimmen mir hierbei zu, oder?

Wir müssen also einen weiteren Fakt, den dritten Fakt festhalten: Ein Mann tötete eine Frau. – Er begehrte ihre Leiche. – Ihre Ermordung war seine Tragödie.

Tut mir leid, dass ich so langsam vorankomme. Sie kennen die Geschichte ja schon. Aber nur der Vollständigkeit halber ... Sie haben bemerkt, dass unserer Geschichte die Seele fehlt. Schwierig, sie festzuhalten, ist sie doch mehr Mythos als Fakt. Darum lassen Sie sie uns in Bein und Fleisch hineinprügeln, ehe sie uns entgleitet, ja? Die beseelte Geschichte, die faktengestützte Geschichte erzählt sich so: Ein Mann tötete eine Frau. – Er begehrte ihre Leiche. – Ihre Ermordung war seine Tragödie. – Er ist ein Held.

Das tut weh. Sie haben recht, ich sollte endlich wieder schweigen. Stopfen Sie mir besser gleich das Maul. Sie würden einer langen Tradition folgen. Und das mit gutem Recht! Mir ist schon übel: Wir ruinieren die Geschichte mit Fakten, die nicht einmal die Wahrheit für sich beanspruchen. Das kann so nicht stehen bleiben, verwerfen wir diese faktenfabrizierte Fassung. Es muss stattdessen heißen: Er liebte sie. – Jetzt ist sie tot.

Nein, es muss heißen: Er liebte sie. – Sie ist tot.

Nein: Er liebte sie. – Sie starb.

Sie nicken, Sie lächeln sogar? Ich bin so froh. Dann bleiben wir dabei: *Er liebte sie, und sie starb.*

Das ist weniger richtig, aber besser, oder? Jetzt tut es weniger weh, also zumindest mir, für Sie kann ich nicht sprechen. Sie hört sich gut an, unsere Geschichte: Er liebte sie, und sie starb. Traurig, tragisch, aber niemand ist schuld.

Und außerdem: So beginnen sie doch, Ihre Heldenerzählungen, nicht wahr?

Erzählungen von Helden über Helden, oder über Helden von Helden, heroische Erzählungen, erzählende und erzählte Heroen; alle gleich. Bei mir hat es nicht zum Helden gereicht, nein, nicht einmal zur Heldin. Und wer interessiert sich überhaupt für Heldinnen? Ich nicht, Sie nicht, schon gar nicht Sie. Also warum das Ganze, frage ich mich.

Ach ja! Ich erinnere mich, warum ich diese Geschichte erzählen wollte. Es ist sehr simpel. Ich wollte sie erzählen, weil ich eine Frau liebte. Ich liebte sie nicht als lebende Frau, ich liebte sie bloß als tote. Ich liebte sie erst, als ich ihr den Helm vom Kopf zog und in ihr lebloses Antlitz sah. Als ich bedauernd, erhitzt, *Penthesilea* hauchte, und sie mich nicht erhörte. Eine Tragödie, wahrhaft und eines Helden würdig.

Moment, Verzeihung, das ist nicht meine. Nicht meine Geschichte, meine ich. Es ist seine Geschichte, eine Geschichte, die er erzählt, und sie ist falsch. Erlauben Sie? Dass ich seine Geschichte ... also auch meine, meine eigene Geschichte erzählen darf, obwohl Sie sie schon kennen?

Sie beginnt so: Der Held trifft die Amazone. – Er ist tot. Sie überlebt.

Sie lachen über mich. Ich verstehe Ihren Impuls. Wissen Sie, ich muss über mich selbst schmunzeln. Sie und ich, wir wissen, dass die Amazone ihren Helden nicht überlebt. Er muss nicht einmal *ihr* Held sein. Sie überlebt den Helden™ nicht.

Das Mutterrecht gab es nie. Generell gibt es kaum Mütter unter uns, immer Töchter und oft Schwestern, aber die Mütter sind fort. Es wäre paradox, wenn es nicht so logisch wäre: Um Mutter zu werden, müsste man ja seinen Helden überleben. Und den überlebt man eben nicht, wenn man eine Amazone ist. Hippolyte, Antiope und Alkippe, sie wissen ein Lied davon zu singen. Penthesilea weiß ein Lied davon zu singen. Hören Sie sie singen? Perfektion, gebannt in und für die Ewigkeit.

Stör uns nicht, Thalestris, dass du kein Lied davon zu singen weißt, liegt an der Beschaffenheit deines Helden, wie du selbst so spöttisch festgehalten hast, also misch dich nicht ein.

Wir singen, und über uns hängen die glänzenden Schatten der Helden und Halbgötter, ihrer mächtigen Keulen und Lanzen und Schwerter, die sie im Namen der Götter, in ihrem eigenen Namen gegen uns richten, falls ihnen ihre Hände zu schade sind. Wir lieben sie wider die Umstände unseres gewaltsamen Todes, wider die festgeschriebenen Umstände unseres gewaltsamen Todes, wider das Wissen um die festgeschriebenen Umstände unseres gewaltsamen Todes. Wir lieben sie, als wäre es ein Fluch. Dabei ist es ein Segen. Nein, zweifellos, vergeben Sie mein Zögern. Wir lieben sie! Was wären wir ohne sie? Nichts, niemand, nicht einmal Beiwerk, schon gar nicht Ihrer Aufmerksamkeit wert. Und nur danach verzehren wir uns im Grunde.

Verzeihen Sie die Unterbrechung, meine Schwestern wünschen sich, zu Wort zu kommen, aber das ist nicht ihre Geschichte. Es ist seine, meine, verflixt, *eine* Geschichte, aber nicht ihre. Zu singen ist akzeptabel, aber zu sprechen? Hah, *sprechen* wollt ihr, hört euch doch einmal selbst zu, ihr seid lächerlich. Ihr blamiert mich.

Können Sie nicht ein Machtwort sprechen? Schließlich haben Sie nicht die Zeit, sich das Gejammer einer jeden ermordeten Amazone anzuhören – sag ich doch! Ich danke Ihnen. In der Stille kann ich besser denken. Manchmal kommt es mir vor, als hätte jemand versucht, mir das Hirn mit bloßen Händen aus dem Schädel zu hämmern, so schwer fällt mir das Denken. Ich finde auch, dass diese Metapher treffend ist, danke!

Also wo war ich? Genau, von mir gibt es zwei Versionen, also zwei, von denen die eine gewichtiger ist als die andere. Aber wem sage ich das, Sie kennen sich aus, sind mit beiden Versionen, ich möchte fast sagen, intim vertraut. Ich stelle sie sehr gerne nochmal vor, wenn Sie das wollen.

Sie wollen? Mich? Ich bin geschmeichelt, gar gerührt. Aber erledigen wir das Professionelle vor dem Privaten, in Ordnung?

Die erste Version meiner selbst lautet: Penthesilea, von einem Todeswunsch in den Krieg getrieben, trifft auf den Tod. Sein Name ist Achilles. Er ist zornig. Er erschlägt sie. Mich. Penthesilea.

Die zweite Version ist ähnlich, bis sie es nicht ist: Penthesilea, von der Liebeslust in den Krieg getrieben, trifft auf den Zorn. Sein Name ist Achilles. Er ist tot. Sie, ich, Penthesilea frisst ihn.

Nicht schlecht, oder? Die zweite Version, meine ich. Aber ich habe Ihnen das Ende unterschlagen. Nicht das grausliche, in dem Achills roher Leib verspeist wird. Das andere. Sie wissen schon. Sie kennen es. Im Finale des Endes, am Ende des Finales: Ich sterbe.

Zuerst kann ich nicht überleben und dann will ich nicht überleben. Fast gottgewollt, was meinen Sie? Ich sterbe. Ich sterbe ... Also habe ich Sie doch belogen. Von mir existiert nur eine Version, und das ist die tote.

Tut mir leid. Ich will Ihre Zeit nicht verschwenden, wirklich nicht, ich bin nur etwas verwirrt. Ich dachte, mein Name sei Penthesilea, aber vielleicht ist er das nicht. Vielleicht bin ich nur eine Schablone oder ein Abziehbild vom Typ der zeitlosen Toten. Es schockiert mich, meine sorgfältig konstruierte Identität an dilettantische Dekonstruktion zu verlieren. Ich ertrage es kaum, mich selbst verloren zu haben. So etwas bringt mich permanent um.

Du! Komm. Tröste mich. Gib mir meine Identität, mach mich zu deiner Geliebten. Und später, später kannst du mich töten, und ich werde vergessen, was ich verlor.

Auf dich ist Verlass. Alles wird gut.

Halte mich nur weiterhin in deinen Armen und ich werde dir etwas wirklich Schockierendes verraten. Natürlich ist auch das nichts Neues, aber ich denke, es könnte dich interessieren. Schh, jetzt kommt es: Ich habe keine Brüste. Stell dir das vor, das wunderschöne Weib, busenlos. Wie, der Gedanke stört deinen ästhetischen Sinn? Du willst mich nicht länger halten?

Verzeih mir, verzeihen Sie mir bitte, Sie kennen mich jetzt, Sie wissen, dass ich Sie nicht vor den Kopf stoßen will mit meinen Brüsten oder durch das Fehlen meiner Brüste.

Meine Brüste, wissen Sie, wurden mir entrissen. Oder habe ich sie selbst abgeschnitten? Ich weiß es nicht mehr. Aber wer wem was amputiert hat, das tut doch letztlich nichts zur Sache. Ich kann es richten. Heil machen.

Für dich klebe ich sie wieder an, die grau gewordenen Fettgewebssäcke, lasse sie auf und ab hüpfen. Übertünche den Verwesungsgeruch mit Parfum, flüstere *J'ADORE*, *SÌ* oder *YOU*. Dein Duft schlägt mir vor die Brust, und wir lachen über die Ironie, *SAUVAGE en effet*, du stehst dem Original in nichts nach.

Das gefällt Ihnen? Das gefällt Ihnen. Ich möchte Ihnen doch gefallen. Das ist alles, was ich je wollte. Ihnen gefallen. Und so sehen Sie mich gerne an, nicht wahr? In Stein gehauen und formvollendet. Also meine Brüste. Eines Berninis würdig.

So schön hätten wir es haben können. Die Frauenhorde, ja, Schwestern, jetzt dürft ihr kommen, und Sie mit ihnen. Wir wispern von unserer gegenseitigen Liebe, die als keusche Liebe verkauft wird, immerhin sind wir immerwährende Jungfern, und rufen unsere Lust nach stattlichen Kriegern in die Welt hinaus, immerhin sind wir berühmt-berüchtigte Männerfresserinnen. Zugegeben, manche von uns mehr als andere. Oh, sehen Sie mich nicht so an. Ich verberge mich schon wieder in der Deckung ewiger Mitternacht, Sie kennen den Text.

Der Punkt ist: So schön hätten wir es haben können. Doch der Schatten des Helden ist lang, lang wie sein Schwert, länger als all unsere Amazonenschwerter zusammen, und Achilles raubt uns den Moment.

Sie werden wieder lachen, wenn Sie erfahren, welches Bild ihm von mir gezeichnet wurde: Ich sei eine Jungfrau mit gelocktem Seidenhaar, eine Hyäne auf dem Tigerpferd, ein Mädchen mit sternengleichen Augen, eine Göttin unter männergleichen Weibern, die fleischliche Morgenröte. Ein bisschen bi, aber nur für ihn. Mit gebleichter Haut und gebleichtem Haar, seinen Frauen ähnlich genug, um ihm zu gefallen, und doch ganz anders als die anderen Frauen. Die Eine, dem Tod, nennen wir ihn Achill, zur Braut erwählt. Kurz, eines Historienmalers feuchtester Traum.

Sie haben dieses Bild gemalt, und Sie lachen zu Recht. Wenn Ihr Lachen jetzt hysterisch wird, wie meines, dann kann ich Ihnen das nicht übel nehmen. Denn was ultimativ bleibt, ist das Bild, das er von mir für die Ewigkeit zeichnet: sterbend im Staub, geschlagen, erschlagen, zerschlagen, am betörendsten erst, als das Blut aus meinen Wangen weicht und aus meinem Schädel rinnt, die Erde tränkt.

Wie es nach dem *rebranding* weitergeht, das wissen Sie. Ich bin Achills geliebtes Opfer. Er schlägt mir Demut in den Leib, bis der Druck seiner Hände meinen Kopf sprengt. Das sagte ich bereits? Verzeihung, mein Kopf schmerzt, ich bin etwas durcheinander. Ich will Sie nicht mit Wiederholungen langweilen. Oh, ja, wie lieb von Ihnen, ich hätte gerne ein Aspirin.

Jetzt ist es besser. Danke.

Achill will mich also hinter seinem Wagen durch den Sand schleifen, damit hat er Erfahrung, aber dann führt jemand (sind Sie es?) seine Hand. Er zerrt mir den Helm vom Haupt. Größer als mein Blutsee ist die Sturzflut seiner Tränen, die seine Schuld fortwäscht und ihn zum scheinwerferbeleuchteten Helden der Tragödie erhebt. Er hasst mich, als ich atme, und er hasst mich noch mehr, als ich aufhöre zu atmen. Er hasst mich so sehr, dass der Hass seinen Zorn jäh durchdringt; seinen berühmt-berüchtigten, glorreichen und ungerechten, also ich meine, seinen *gerechten* Zorn; und ihn durchdringt der Hassimpuls als heißer Schauer der Erregung. Er hasst mich jetzt, weil er mich nicht mehr haben kann, und benennt seinen Hass so, wie es ihm beigebracht wurde. Wie Sie es ihm beigebracht haben.

Er nennt seinen Hass LIEBE.

Wenn das nicht zum Kotzen ist …

Also, diese Migräne, meine ich, diese furchtbare Migräne.

Ach, wo gehen Sie denn hin, bleiben Sie noch ein bisschen, bitte, ich habe doch behauptet, zu überleben, und gerade bin ich tot – wollen Sie nicht wissen, wie mir das gelingt? Sind Sie kein bisschen neugierig? Bitte, warten Sie doch, ich gebe Ihnen, was Sie wollen. Natürlich, auch das, immer das. Bleiben Sie jetzt? Das ist meine letzte Chance, verstanden. Ich werde das Beste daraus machen. Ich werde Sie nicht enttäuschen. Versprochen.

Achill und ich, wir wiederholen dieses Spielchen. So lange, bis wir füreinander nur in diesem Augenblick existieren. Im Töten und Sterben. Das wurde uns in die Leiber geschrieben und dann wurden unsere Leiber als Paradebeispiele vorgeführt, und wir haben uns damit abgefunden.

Wir haben zweitausendfünfhundert Jahre Routine, als Heinrich versucht, den Hass durch das Missverständnis zu tilgen, aber es ändert nichts. Wir töten und sterben wie eh und je.

Achill ist ein goldener Löwe und ich bin eine hechelnde Hündin. Keine Sorge, Sie müssen mich nicht schonen, ich weiß, wie man über mich spricht. Aber manchmal, wenn aus dem Löwen ein liebestoller Kater wird, wird aus der Hündin eine *fucking bitch* und sie entsinnt sich ihrer Reißzähne.

Liebe und Küsse und Bisse.

Ich fresse Achilles mit Haut und Haar. Ich fresse, schlinge, würge. Penthesilea ist keine Frau, kein Mann, kein Mensch, Penthesilea ist etwas Hundeartiges, etwas Hungerartiges, das in Zähnen, Zunge, Zerstörung mündet. Penthesilea ist unersättlich. Ich bin unersättlich. Ich sollte mich dafür schämen! Die Scham auf meinen Lippen, das ist sein Blut, die Schande in meinem Mund, das ist sein Fleisch.

Sie unterstellen mir Pathos? Sie liegen nicht ganz falsch, aber Sie liegen auch nicht richtig. Denn darf ich Sie erinnern, dass es nicht umsonst Heldenpathos heißt? Heldinnenpathos, pah, was soll das bedeuten, und überhaupt, wer kann sich in dieser Ökonomie schon leisten, Heldin sein zu wollen? Wir sind hungrig, und wir wollen essen und von Heldenpathos lebt es sich schlecht, außer man ist eben ein Held.

Ich meine es ernst. Alles, was wir Pseudo-Heldinnen serviert bekommen, sind Helden, tagein, tagaus, und Sie beschweren sich, dass ich meinen Helden gefressen habe? Verzeihen Sie, falls ich Sie beleidige, aber Sie waren nicht so zart besaitet, als er mich in den blutheißen Sand schlug, meinen Helm brach, meinen Schädel zerschmetterte, und meiner toten Schönheit glühend verfiel. Zumindest war mein Held noch am Leben, als ich in Fleischeslust für ihn entbrannte.

Was mein streitsüchtiger Ton soll? Ich – ich muss noch berauscht sein, bitte, entschuldigen Sie. Sie kennen mich, ich bin doch nicht so eine! Sie wissen schon: keine von denen. Gehen Sie nicht. Jedenfalls nicht, bevor Sie nicht das Ende gehört haben. Bitte.

Normalerweise töte ich mich an dieser Stelle selbst, spitze mir ein vernichtendes Gefühl zum Dolch und richte es gegen meine Brust. Diesmal nicht. Ich höre weder die Worte der Hohepriesterin noch meiner Geliebten Protoe.

Ich fresse weiter. Ich fresse Achilles, bis mein Herz zum Stillstand kommt.

Ich sterbe.

Ich überlebe.

Blutbeschmiert und endlich satt speie ich mein Herz aus. Es ist ein mickriges, armseliges Ding, und wenn ich könnte, würde ich es nochmal erbrechen. Nein, das brauchen Sie meinetwegen nicht schönreden, wir kennen uns jetzt schon zu gut für derart leere Höflichkeiten. Sie werden rot? Die Situation muss Ihnen nicht unangenehm sein, wir sind gleich fertig, Sie haben es gleich geschafft. Kein Grund für falsche Verlegenheit. Nicht auf Ihrer Seite, nicht auf meiner.

So geht es also zu Ende. Ich gebe Achill ein Herz zurück. Meines. Seines hängt in faserigen Fetzen irgendwo zwischen meinen Zähnen. Und mein Herz leuchtet rot im Käfig seiner Rippen, der zu seiner, meiner, Penthesileas letzten Ruhestätte wird. Es ist das Herz, das Achilles verdient.

Ich verlasse das Schlachtfeld. Ich verlasse Sie, dich, und ich verlasse mich.

Ich suche mir ein neues. – Ein ungehaltenes Herz.

Über Anna Zabini

Anna Zabini ist im Werktagsmantel als Texterin und Literaturwissenschaftlerin unterwegs und wird nicht müde, allen, oft mehrfach, von ihrer zerrütteten Beziehung zum Kanon und ihrer Begeisterung für die Phantastik zu erzählen. Anzutreffen ist sie meist in Begleitung zweier familiars, die – zur Annehmlichkeit aller Beteiligten – in Hundeform auftreten. Ein fixer Platz im Tagesablauf ist für Annas Langzeitprojekt reserviert: Ihren Duolingo-Streak (2.000 days and counting!). Sie ist auf Twitter **@anna_zabini** zu finden, wo sie versucht, cool zu bleiben. Ihr Debütroman erscheint im Herbst 2020 im Verlag ohneohren.

Von Orks, Briten und dem Mythos der „Kriegerrassen“

Teil 1: Eine Spezies, erschaffen als rassistisches Schreckgespenst

von James Mendez Hodes

Übersetzt von Kathrin Dodenhoeft

Inhaltswarnungen

Rassismus, Kolonialismus/Imperialismus, Verschmelzung von Kulturen, Sexismus, sexuelle Gewalt, Wut

Dies ist der erste Teil einer zweiteiligen Artikelreihe über Orks, eine bösartige, humanoide Spezies aus dem Fantasy-Setting Mittelerde des englischen Autors J. R. R. Tolkien. Genauer gesagt geht es um ihre rassistischen Ursprünge, ihre Natur und die aus ihrer Darstellung folgenden Konsequenzen. Meine Hypothese zu Beginn der Recherche zu diesem Artikel war, dass die Orks aus einer Sammlung von negativen Annahmen über People of Color, die zu Tolkiens Zeit in Großbritannien üblich waren, entstanden seien. Ich lag falsch. Tolkien schuf seine Orks explizit und absichtlich als abwertende Abbildung asiatischer Völker, wobei er aus den hasserfülltesten Stereotypen schöpfte, die ihm bekannt waren. Der folgende erste Teil zeigt die lange Historie rassistischer Ängste und Ideologien auf, die auf Tolkien einwirkten. Der zweite Teil wird zum einen darauf eingehen, wie spätere Fantasy-Schaffende das Konzept der Orks benutzten, um andere schädliche Stereotype auszudrücken. Zum anderen werde ich Parallelen zwischen der Herausforderung aufzeigen, die Darstellung der Orks zu rehabilitieren und die eigene Beziehung zu den eigenen kulturellen Stereotypen von kolonialistischem Denken freizumachen.

Wie diese Artikel gelesen werden sollten

Diese Artikelreihe befasst sich mit der Geschichte, den Hintergründen und den Absichten, die hinter rassistischen Inhalten in Fantasy-Medienprodukten stehen, genauso wie mit verletzenden Inhalten und Möglichkeiten, diese zu vermeiden. Spoilerwarnung: Der letzte Punkt ist wichtiger als der erste. Ich hätte die Darstellung der Hintergrundgeschichte nicht mit aufgenommen, wenn ich nicht von ihr überzeugt wäre; aber selbst wenn ihr nicht mit meiner Argumentation übereinstimmt, wird die Aufschlüsselung dessen, wie auch unabsichtlich übernommene Stereotype People of Color heute schaden, und wie ihr diese Muster vermeiden könnt, euch und euren Lieben in Zukunft nützlich sein.

Einleitung

Hey, Professor Tolkien. Wie sehen Orks aus?

Es ist festgelegt, dass Orks verdorbene Varianten der „menschlichen" Form sind, wie man sie bei Elben und Menschen sehen kann. Sie sind (oder waren) gedrungen, breit, flachnasig und bleich und haben breite Münder und schräge Augen: Eigentlich sind sie degradierte und abstoßende Versionen der (für Europäer) am wenigsten schönen mongolischen Typen.

Cool. Das stammt aus seinem Brief Nr. 210 und er beschrieb gerade mich und alle meine Verwandten auf Seiten meiner Mutter. Warum sagt er so etwas?

Orks sind eine Spezies – meistens bezeichnet als eine „Rasse"[1] – von verschlagenen, gefährlichen Humanoiden, die in Massen in J. R. R. Tolkiens Mittelerde und den meisten Spielen – analog und digital – auftauchen. Tolkien leitete ihre hässliche Erscheinungsform und wildes Temperament, wie beinahe alle orkischen Eigenschaften, die über verschiedene Medien hinweg geläufig sind, jedoch aus einer langen und schmerzhaften Geschichte ab.

Es heißt, dass Tolkien der Erfinder der Orks ist, wie wir sie heute kennen. Präziser gesagt kombinierte er für ihr Wesen verschiedene traditionelle Charakterisierungen – nicht von mythischen Wesen, sondern von realen Menschen. Manche dieser Charakterisierungen stammten aus verbreiteten europäischen Konzeptionen der größten Bedrohungen für die westliche Zivilisation. Andere stammten aus den pseudowissenschaftlichen Hintergründen des Rassismus, mit denen Tolkien in seiner akademischen Ausbildung in Berührung gekommen sein dürfte. Die relevanteste Theorie für seine Orks dürfte er jedoch im Militärdienst beim Britischen Heer kennengelernt haben: den Trugschluss von den „Kriegerrassen".

Orks sind meine problematischen Lieblinge. Gebt mir irgendein Fantasy-Spiel, in dem Orks vorkommen, und meine erste Frage ist, ob ich eine*n spielen kann. Aber ich bin eine Person

1 Mehr zu unserem Gebrauch des Wortes „Rasse" am Ende dieses Artikels.

of Color mit multi-ethnischem Hintergrund, die in der Gaming-Branche als kultureller Berater arbeitet, weshalb ich ein Connaisseur klassischer rassistischer Vorurteile bin. Ich kann den erschütternden Rassismus nicht ignorieren, von dem die Tolkien'schen Tropes direkt inspiriert wurden, und der jede Ecke der Nerdkultur, allen voran *Dungeons & Dragons*, beeinflusst hat.

Die Geschichte, warum Orks sind, wie sie sind, und warum wir über Science-Fiction- und Fantasyspezies so reden, wie wir es tun, führt uns zurück zur Militärgeschichte, zu britischem Imperialismus in Schottland, den pazifischen Inseln, Afrika und besonders Asien; und, tatsächlich, bis zurück zur mongolischen Steppe des ausgehenden dreizehnten Jahrhunderts.

Es ist eine lange Reise, die wir in zwei Teilen unternehmen werden. Der erste Teil befasst sich mit all den historischen und „rassischen" Einflüssen auf die Orks von Mittelerde. Der folgende zweite Teil zeigt auf, wie sich der Zusammenfluss dieser Ideen im *Der Herr der Ringe* auf nachfolgende Genreliteratur ausgewirkt hat. Ein besonderes Augenmerk wird dabei auf Fantasy-Rollenspiele und den Kampf von People of Color, sich selbst in der Nerdkultur repräsentiert zu sehen, gelegt. Aber lasst uns in der Steppe beginnen

Von der Geißel Gottes zur Gelben Gefahr

Gesellschaften, die mit anderen Gesellschaften im Konflikt stehen, haben immer Narrative rund um diese Konflikte aufgebaut, die die eigene Gruppe erhöhen und die gegnerische erniedrigen sollten. Der Begriff „barbarisch" stammt aus einer altgriechischen Lautmalerei für die Art, wie fremde Sprachen für Griechen klangen. Tolkiens spezielle Interpretation des Themas Zivilisation vs. Barbarei ist jedoch besonders im Themenkomplex der östlichen Bedrohungen für Europa verankert: den Myriaden miteinander verwandter, aber eigenständiger eurasischer und zentralasiatischer Reitervölker, die von furchtsamen Westeuropäern „Tataren" genannt wurden.

Attila der Hunne, die Geißel Gottes, terrorisierte Europa während des Falls des Römischen Imperiums, dieser zweifelhaften Bastion der westlichen Zivilisation, auf die sich die eurozentrische Vorstellungswelt immer wieder beruft. Doch Attila gewann manchmal, verlor manchmal, und starb einen schmachvollen Tod. Im dreizehnten Jahrhundert nach Christus überrollten Dschingis Khans Armeen aus der Mongolei kommend jede Quelle des Widerstands, die sich ihnen entgegenstellte, um das größte Imperium zu errichten, das die Welt je sehen sollte. Sie hätten auch Europa erobert, hätte nicht Dschingis Khans Tod seine Oberbefehlshaber zurück zum Fluss Cherlen gerufen. Während wir Tolkiens Hintergrund und seine Kreationen erforschen, werden uns Hinweise auf Asien im Allgemeinen und die Mongolei im Speziellen immer wieder begegnen (in subtiler und offensichtlicher Weise, meistens jedoch offensichtlich).

Schatten des Imperiums

Also, welche Faktoren hielten den Schrecken der Mongolen bis hin zu Tolkiens Geburt im Jahr 1892 lebendig?

War es ihre Grausamkeit? Fragwürdig – die Feinde und Opfer der Mongolen beschuldigten sie alle derselben Gräueltaten, derer erobernde Armeen immer schuldig zu sein scheinen.

War es ihr Erfolg? Mit Sicherheit, zumindest teilweise. Die Mongolen vollbrachten scheinbar unmögliche strategische und logistische Meisterleistungen.

Ich vermute, was sie von anderen abhob, war die Neugierde der Mongolen fremden Kulturen und Religionen gegenüber. Trotz aller Gewalttaten löschten sie selten lokale Kulturen aus, noch versuchten sie, sie mit Gewalt in ein verzerrtes Abbild ihrer selbst zu verwandeln. Stattdessen teilten und lernten sie. Als sie die Steppe verließen und auf Festungen stießen, die ihre berittenen Bogenschützen nicht überwinden konnten, lernten sie das Belagerungshandwerk und waren später ebenso gefürchtet für ihre Trebuchets[2] wie für ihre Reittiere und Bögen. Sie sammelten neue Religionen wie Pokémon und erklärten Religionsfreiheit für ihr ganzes Reich. Als päpstliche Gesandte am Hof des Kublai Khan eintrafen, waren sie überrascht davon, einen Großkhan vorzufinden, der verschiedene, scheinbar gegensätzliche Religionen praktizierte – darunter auch die seiner Mutter, das Christentum – ohne Sorge, dass zwischen ihnen ein Konflikt bestehen könnte. Man konnte die Mongolen nicht in der Schlacht besiegen, da sie stärker und erfinderischer waren. Aber man konnte sie auch nicht einem Kulturkampf schlagen, da sie sich überhaupt nicht zum Kampf stellten. Sie würden eine*n im Zelt willkommen heißen und eine*m bei Getränken zuhören. Ist es ein Wunder, dass die Mongolen sich so sehr mit all den Völkern vermischten, auf die sie trafen?

Natürlich umgab – und umgibt – ein weniger schönes Narrativ diese Vermischung. Machthaber im vormaligen Mongolischen Reich behaupteten andauernd, von Dschingis Khan abzustammen. Sogar noch 2003 erschien ein wissenschaftlicher Beitrag im Fachbereich Genetik, der konstatierte, dass einer von zweihundert heute lebenden Männern von Dschingis Khan abstamme[3]. Der Grund dafür sei eine „neue Form der sozialen Selektion begründet im Verhalten [von Dschingis Khans Verwandten]“, die über eine bestimmte Vererbungslinie des Y-Chromosoms über das ganze ehemalige Gebiet des mongolischen Reiches nachweisbar sei. Diese Studie verleiht somit einem alten Mythos Glaubwürdigkeit, nach dem Mongolen im Allgemeinen und Dschingis Khan im Besonderen bösartige Sexualtäter gewesen seien. Der Wahrheitsgehalt dieser Behauptung ist in dieser ausschweifenden Betrachtung der Orks nicht unbedingt relevant, aber wenn man die weiterhin weltweit vorherrschende Rape Culture zur Zeit des mongolischen Reichs und heute betrachtet, warne ich meine Leser*innen vor dem Schluss, dass die damalige Kultur in irgendeiner Art schlimmer gewesen sein soll. Nichtsdestotrotz trug dieses Narrativ zum Erbe des mongolischen Schreckens in gruseliger Weise bei.

Abbildung: Eine alte Karikatur in schwarzer Tusche auf gelbem Papier, die einen chinesischen ... Mann? Goblin? mit einem langen chinesischen Zopf, einem Bolo-Messer zwischen den Zähnen und einer rauchenden Fackel und einer Pistole in den Händen zeigt, der über einer gefallenen weißen Frau steht. Die Beschriftung heißt: „Die Gelbe Gefahr in ihrer ganzen Großartigkeit“. Public Domain, https://commons.wikimedia.org/w/index.php?curid=177600

Und das war noch nicht einmal die endgültige Version

Als Tolkien geboren wurde, wurde die europäische Außenpolitik von nationalistischen Gefühlen und imperialistischer Expansion angetrieben. Aber da das größte Imperium der Vergangenheit von einer fundamental anderen Weltanschauung geleitet wurde, verzerrte das imperialistische Denken mongolischen Synkretismus und Vermischungsfreudigkeit zur Vorstellung einer heimtückischen Kampagne, deren Ziel es sei, die wertgeschätzten Institutionen der westlichen Gesellschaft kunstfertig und verräterisch zu infiltrieren und zu übernehmen. Der Kern dieser Erzählung war die Bedrohung der erzwungenen „Vermischung der Rassen“; die Furcht, dass diese kleinen, verweiblichten Männer, zu verzweifelt und zu habgierig, um fair zu kämpfen oder zu lieben, weiße Frauen ihren rechtmäßigen Partnern stehlen würden[4]. Ab der US-amerikanischen Eroberung der Philippinen, dem Boxeraufstand und dem Russisch-Japanischen Krieg ersetzten Philippinos, Chinesen und Japaner die Mongolen als größte Bedrohung. Der mongolische Schrecken hatte sich in die Gelbe Gefahr verwandelt.

Befürchtungen über Kultur, Sex und das Empire hielten eine jahrhundertealte zentralasiatische Bedrohung lebendig, während der junge John Ronald Reuel Tolkien in Südafrika und Worcestershire aufwuchs. Während er von George MacDonalds Goblins las, diskutierten die Erwachsenen um ihn herum wahrscheinlich über den britischen Kolonialismus und die Gelbe Gefahr. Ich spreche aus meiner persönlichen Erfahrung, wenn ich sage, dass Asiat*innen auch im einundzwanzigsten Jahrhundert noch mit Einschränkungen zu kämpfen haben, die auf den Gelbe-Gefahr-Stereotypen basieren, wenn wir auf der Suche nach Liebe sind. Ihr solltet lieber glauben, dass dies zu Tolkiens Zeit ebenso war. Vielleicht erinnert ihr euch an einen bestimmten Spitznamen, der in den USA und Großbritannien für die Deutschen im Ersten und Zweiten Weltkrieg benutzt wurde?

Abbildung: Aus dem Portland Art Museum: Ein US-amerikanisches Propaganda-Poster, das einen deutschen Soldaten mit Pickelhaube, blutigen Fingern und Bajonett zeigt, der über eine verwüstete Landschaft klettert. Die Botschaft? „Schlagt den Hunnen mit Liberty Bonds." Frederick Strothmann, 1918, Farblithografie auf satiniertem, cremefarbenen gewebten Papier. Ein Geschenk von Mr. William Lewis Brewster, Jr., gemeinfrei, 20.59.15

Behaltet in jedem Fall die Punkte über die mongolische Bedrohung und (für den zweiten Teil dieses Artikels) über fremde Invasoren, die weißen Frauen nachstellen, im Kopf. Wir werden ihnen wieder begegnen.

Wissenschaftlicher Rassismus

Als J. R. R. Tolkien älter wurde schrieb er sich in Oxford ein, um Altphilologie und Anglistik zu studieren. Nach seinem Abschluss trat er dem Britischen Heer bei, um im Ersten Weltkrieg zu kämpfen. Zunächst in der Wissenschaft und dann in den bewaffneten Streitkräften begegnete er Strömungen des wissenschaftlichen Rassismus, die direkt und eindeutig seine Orks beeinflussten. Wissenschaftlicher Rassismus ist die Anwendung pseudo-wissenschaftlicher Theorien zur Rechtfertigung rassistischer Vorurteile. Er geht Hand in Hand mit Sozialdarwinismus, Evolutionspsychologie und anderen Pseudo-Wissenschaften, die sich noch immer in Form von präsidialen Reden und Clickbait-Artikeln ausbreiten, die eure peinlichen Verwandten gerne teilen. So ziemlich jeder akademisch gebildete weiße Mann konnte mit seiner eigenen Interpretation über Menschen auftauchen, die weniger wehrhaft waren als er, die er dann auf einer Zeit begründete, als er einmal einen fremden Stamm getroffen hatte, oder auf seiner sonderbaren Sammlung von menschlichen Schädeln. Lasst uns etwas über die Formen von wissenschaftlichem Rassismus erfahren, die Tolkien am meisten beeinflusst haben.

-oid

Habt ihr euch je gefragt, warum der US-amerikanische Begriff „kaukasisch" sich auf weiße Menschen europäischer Abstammung bezieht, anstatt auf die oft hellhäutigen, manchmal auch dunkelhäutigen Menschen, die auf und um den Kaukasus herum leben? Dieser Gebrauch des Wortes kommt von einer Reihe gruseliger europäischer „Wissenschaftler", die Menschen in drei oder mehr fetischistische Kategorien einteilten. Franchesca Ramsey erklärt dies kurz und prägnant im folgenden Video – nehmt euch vier Minuten Zeit und seht, wie großartig sie das macht (Link zum Video: https://www.youtube.com/watch?v=GKB-8hXYod2w)

Die Quintessenz ist hier, dass die Kaukasoiden Europas die originale, schönste und am weitesten fortgeschrittene „Rasse" sind. Alle anderen, inklusive Asiens erbärmlichen Mongoloiden, sind eine degenerierte, verdorbene Abzweigung der originalen Linie der Weißen; und nun, da wir über den mongolischen Schrecken Bescheid wissen, sollte die Benennung der Mongoloiden nicht überraschend kommen. Menschen mit Trisomie 21 wurden als Mongoloide verhöhnt[5] (Inhaltswarnung: furchtbarer Ableismus) da ihre „asiatisch aussehende" Gesichtsstruktur angeblich ihre durch die Krankheit verursachte Degeneration zu einer primitiveren Form zeigen würde (obwohl Kaukasoide ja die ursprüngliche Form sein sollten – ich behaupte nicht mal, das zu verstehen). Dieses Narrativ von Ursprünglichen und Degenerierten wird wieder auftauchen, wenn Tolkien von der Abstammung der Orks erzählt.

„Kriegerrassen"

Die Brit*innen waren nicht die ersten, die bestimmten Ethnien angeborene Kampfboni zuschrieben. Diese Idee war überall in Europa und den USA verbreitet. Das bahnbrechende militärwissenschaftliche Handbuch „Vom Kriege" von Generalmajor Carl Philipp Gottfried von Clausewitz aus dem Jahr 1832 enthält ein Kapitel darüber, dass „militärisches Genie" ein komplizierteres Konzept sei, als es die Fanclubs verschiedener berühmter Anführer gerne glauben würden. Es ist ziemlich gut, bis auf diesen Teil:

Wenn wir ein rohes, kriegerisches Volk betrachten, so ist ein kriegerischer Geist unter den einzelnen viel gewöhnlicher als bei den gebildeten Völkern, denn bei jenen besitzt ihn fast jeder einzelne Krieger, während bei den gebildeten eine ganze Masse nur durch die Notwendigkeit und keineswegs durch inneren Trieb mit fortgerissen wird. Aber unter rohen Völkern findet man nie einen eigentlich großen Feldherrn, und äußerst selten, was man ein kriegerisches Genie nennen kann, weil dazu eine Entwicklung der Verstandeskräfte erforderlich ist, die ein rohes Volk nicht haben kann. Daß auch gebildete Völker eine mehr oder weniger kriegerische Richtung und Entwicklung haben können, versteht sich von selbst, und je mehr dies der Fall ist, um so häufiger wird sich in ihrem Heere der kriegerische Geist auch in dem einzelnen finden. Da dies nun mit dem höheren Grade desselben zusammentrifft, so gehen von solchen Völkern immer die glänzendsten kriegerischen Erscheinungen aus, wie Römer und Franzosen bewiesen haben. Die größten

Namen dieser und aller im Kriege einst berühmten Völker fallen aber immer erst in die Zeiten einer höheren Bildung.[6]

Wo fangen wir hier an? Wer entscheidet, welche Gesellschaften primitiv sind und welche zivilisiert? Wenn wir „Römer und Franzosen" durch „Menschen und Elben" ersetzen, ergibt der obenstehende Absatz deutlich mehr Sinn.

In jedem Fall hat England durch seinen Imperialismus in Südasien die Klassifikation der „Kriegerrasse" zu einem beispiellosen Grad bürokratisiert und verfestigt.

Britisch-Indien

Erinnert ihr euch daran, wie aufregend die Mongol*innen es fanden, die Kulturen derjenigen kennenzulernen, deren Land sie erobert hatten? Die Brit*innen, die Indien kolonisierten, waren nicht einmal ansatzweise so offen. Sie machten sich sofort daran, einen ganzen Subkontinent zu simplifizieren, von „Rassen" über Klassen, Religionen und Professionen bis hin zu Kasten und Clans, und hielten die indische Bevölkerung in internen Konflikten[7] gefangen, sodass sie sich nicht gegen ihre wahren Unterdrücker*innen wandten. Besonders zwei Kriege, durch die sich England mit unerwarteter Schwierigkeit und weitreichender lokaler Hilfe mühte, hatten bleibende Effekte auf die britische Wahrnehmung der südasiatischen Völker: der Anglo-Nepalesische Krieg von 1814-1816 und der erste Indische Unabhängigkeitskrieg von 1857. In ihrem Fahrwasser begannen die Brit*innen, bestimmte ethnische Gruppen in Südasien als „Kriegerrassen" zu bezeichnen, aus denen Soldaten rekrutiert werden sollten.

Männer aus diesen „Kriegerrassen" waren stark, zäh, wild. Geboren in gewalttätige, kriegerische Kulturen. Dazu erzogen, militärisches Können über alle anderen Tätigkeiten zu wertschätzen. Von Natur aus geneigt, ihre Nachbarn zu überfallen, oder, wenn keine Nachbarn vorhanden waren, untereinander zu kämpfen. Stur und einfältig, trotz aller kriegerischen Fähigkeiten. Einfach kontrollierbar von anmutigeren, kopfgesteuerteren Menschen. Ein paar wenige für die gute Sache in die Form ehrbarer Soldaten geprügelt, häufiger jedoch in die Truppen des Bösen gepresst. Wie Orks.

Ich empfehle diese faszinierende Vorlesung[8] von Jasdeep Singh für eine detaillierte Aufschlüsselung der Gedankengänge, über die die Brit*innen zu solch weit hergeholten Schlüssen kamen. Zusammengefasst: ihre favorisierten „Kriegerrassen" waren jene, die Gründe hatten (auch wenn diese immer kompliziert waren) ihnen zu gehorchen[9]. In Kürze wird Tolkien uns an diese Struktur erinnern – intellektueller Befehlshaber, kriegerischer Untergebener.

J.R.R. Tolkien diente von 1915 bis 1920 im Britischen Heer. Winston Churchill ritt auf der Idee der „Kriegerrasse" noch ein Jahrzehnt später herum. Tolkien konnte dem unmöglich aus dem Weg gegangen sein.

„... aber ist es nicht cool, von einer ‚Kriegerrasse' abzustammen?"

Ich kann nicht glauben, dass ich diesen Punkt erklären muss, aber nein, es ist nicht cool, von einer „Kriegerrasse" abzustammen.

Zuallererst ist es falsch. Es gibt kein Krieger-Gen. Es gibt keine „Kriegerrassen". Niemand ist geboren, um zu töten: weder Pitbulls noch Menschen, und sicherlich keine Ethnien. Es ist möglich, durch Kultur jemanden dazu zu bringen, Gewalt oder Militärdienst hochzuschätzen. Und es ist definitiv möglich, eine Kultur, über die man Macht hat, in eine kleine Box zu zwängen, sodass die Angehörigen dieser Kultur das Gefühl haben, keine Alternative zur Gewalt zu haben. Aber es ist ein großer Unterschied, ob man über Gewalt als Produkt von Machtstrukturen redet, oder ein Volk ein Kriegervolk nennt.

Manchmal werdet ihr Individuen begegnen, die die kriegerische Tradition ihres Volkes persönlich aufregend finden. Das ist schön für sie. Aber erkennt bitte den Unterschied zwischen dem Ausdruck von Bewunderung für Militärdienst als Entscheidung auf der einen Seite, und dem Verinnerlichen der Parteilinie eurer Kolonisator*innen auf der anderen, dass pflichtbewusst bis zum Tod zu kämpfen (und das normalerweise für die Agenda der Kolonisierenden) alles ist, wozu ihr gut seid.

Auch „positive" Stereotypen sind schädlich. Stereotypen wirken in kyriarchischen Systemen, in denen die Machthabenden ihren Untergebenen eine enge Auswahl akzeptabler, „positiver" Stereotype präsentieren, an denen sie sich orientieren können – und sie mit einem anderen, tödlicheren Set von negativen Stereotypen bedrohen, wenn sie das nicht tun. Entweder zeichnet man sich auf eine Weise aus, die von der Gesellschaft als akzeptabel vorgegeben wurde, oder es wird angenommen, dass man einer von den Versagern ist. Sei entweder Musikerin oder Basketballspieler, sonst bist du ein Schlägertyp oder eine Sozialschmarotzerin. Sei Ärztin oder Ökonom, sonst bist du Taxifahrer oder Terroristin. Kämpfe bis zum Tod für unsere Armeen, sonst bist du eine Bedrohung für die westliche Zivilisation, die kleingehalten und kontrolliert werden muss.

Abgesehen von Südasien drückte England seine Theorie von den „Kriegerrassen" auch einigen anderen von ihnen kolonisierten Ethnien auf, darunter den Schott*innen, den Zulu, Kamba und Māori. Sogar nachdem diese Völker das britische Joch abgeworfen hatten und die „Kriegerrasse" als Kategorie abgeschafft wurde, wurde die Theorie von internalisierten Vorurteilen am Leben erhalten. Das indische und pakistanische Militär kämpfen bis heute[10] mit den Nachwirkungen der Theorie. Māorische Kommentator*innen wiesen bei der *Aquaman*-Premiere, bei der Jason Momoa einen Haka aufführte, darauf hin, dass seine Einstellung zu diesem Tanz hoch bedenkliche, gefährliche Stereotype über polynesische Gewalt aufrechterhielte. Dieser Artikel und das begleitende Vortragsvideo[11], die sich tiefgreifend mit den schädlichen Auswirkungen des Konzepts der „Kriegerrasse" auf die Māori beschäftigen, haben mich erst dazu inspiriert, diesen Artikel zu schreiben. Sogar in der Fantasy verleiht jede ernst gemeinte Erwähnung von „Kriegerrassen" einer Ideologie Glaubwürdigkeit, die reale Menschen verletzt und tötet, und verwendet ihr Vokabular.

Abbildung: Also, das ist inzwischen ein wenig peinlich. Auf diesem Bild posiert ein Fan, der als Lurtz, der Ork aus Die Gefährten, *verkleidet ist, mit einem Autogramm und einem fröhlichen Lawrence Makoare, dem Māori-Schauspieler, der diesen Charakter darstellte. Creative Commons Attribution-Share Alike 3.0 Unported, © 2015 by Alexandr Polnikov*

Wir werden im zweiten Teil noch einmal über diese Effekte sprechen, wenn wir die anhaltende Beliebtheit von Orks in der Literatur besprechen.

Die Entstehung der Arten

Wir wissen bereits, dass die Erfahrungen, die J. R. R. Tolkien im Ersten Weltkrieg machte[12], seine spätere Erschaffung Mittelerdes und der verschiedenen Spezies, die es bevölkern, beeinflussten. Das Coolste, das man in Tolkiens Werk sein kann, ist ein Elb: eine hochgewachsene, gertenschlanke, schöne, anmutige, blasse, unsterbliche Kreatur, die von den höchsten der Götter als Mittelerdes erste empfindungsfähige Spezies erschaffen wurde. Ihre Heimat liegt im fernen Westen der Welt, während das böse Imperium sein Hauptquartier im fernen Osten hat. Doch das Silmarillion erzählt, dass einige unglückliche Elben …

> *… in Gefangenschaft [des dunklen Lords Melkor] kamen und durch die langsamen Künste der Folter verderbt und versklavt wurden; und so züchtete Melkor das ekle Volk der Orks, in Neid und Hohn den Elben nachgebildet, deren bitterste Feinde sie später waren.*[13]

Orks sind also korrumpierte, degenerierte Versionen der ursprünglichen Elben … ungefähr so wie „Mongoloide", „Negroide" und andere People of Color korrumpierte, degenerierte Versionen der edlen weißen „Kaukasoiden" sind, die sie hassen. Nun ergibt die Beschreibung der Orks aus Tolkiens Brief Nr. 210 vom Anfang dieses Artikels mehr Sinn. Wenn er von „mongolischen Typen" schreibt, sagt er uns geradeheraus, dass er den mongolischen Schrecken und das Stereotyp der „Mongoloiden" in eine ganze Spezies gegossen hat. Weitere Beschreibungen des Aussehens der Orks in Tolkiens komplettem Werk passen zu der aus dem Brief Nr.

210, obwohl er auch gerne erwähnt, wie schwarz, dunkel oder finster sie sind – alles Beschreibungen, die zu Tolkiens Zeit sowohl für Inder*innen als auch für Afrikaner*innen benutzt wurden. Verschiedenen „Ork-Rassen" schreibt er auch tierische Attribute wie Klauen, gelbe Reißzähne, am Boden schleifende Fingerknöchel oder schweineähnliche Geruchssinne zu.

Wir haben bereits festgestellt, dass die Beschreibung der gewalttätigen Natur der Orks und die Kriterien der britischen Armee für „Kriegerrassen" gleich sind. Aber selbst unter den Orks gibt es noch eine kriegerische „Unterrasse": die Uruk-hai, „gezüchtet" für ihre Größe und besondere Eignung für das Soldatendasein. Die Oberen der Orks liefern uns die Hierarchie, die die Theorie der „Kriegerrassen" empfiehlt: einen bedachteren Anführer aus einer höheren „Rasse", der über die zum Kampf geborenen Soldaten der „Kriegerrasse" verfügt. Diese Anführer sind die dunklen Lords Melkor (ursprünglich einer der Ainur, eine Art Gott) und Sauron (ein gefallener Maia, oder engelsgleicher Geist); Saruman der Weiße, ein menschlicher Zauberer; und die ehemals menschlichen Ringgeister.

Aber wir wissen, wer hier tatsächlich gezüchtet hat. Tolkien erschuf seine Orks geradewegs und gezielt so, dass mit ihnen die widerwärtigsten asiatischen Stereotype kombiniert und lebendig wurden, sowohl visuell, als auch von ihrem Verhalten und ihrer Biologie her. Daran war nichts Zufälliges oder Beiläufiges. Dies war definitiv nicht unbeabsichtigt. Und wenn ich auch nur für eine Sekunde zu glauben bereit wäre, dass diese Konstruktionen im *Der Herr der Ringe* zufällig seien, würde ein Zitat aus einem *New York Times*-Artikel diesen Glauben wieder zerstören:

> *Die Hobbits waren eine „Abbildung des Englischen Soldaten" und deshalb von kleiner Statur, um „den erstaunlichen und unerwarteten Heldenmut gewöhnlicher Männer in einer Notlage" hervorzuheben.*

Die kulturelle Kodierung dieser Fantasy-Spezies war kein zufälliges Beiwerk zu einer Abenteuergeschichte. Sie war ihr Kern.

Das Thema des *Der Herr der Ringe* ist europäischer Heroismus und asiatische Bösartigkeit.

„Aber es ist doch nur Fantasy."

Sicher. Und wenn ihr mich rassistisch beleidigt, sind es nur Worte.

Spielt Absicht eine Rolle? Ich denke nämlich, dass Tolkiens eigene Worte im vorherigen Abschnitt seine Absicht ziemlich deutlich machen: Er erzählt eine Geschichte von Gut und Böse, bei der das Gute explizit mit England in Verbindung gebracht wird, das Böse mit Asien, und die Art und Weise, wie diese Konzepte übertragen werden, ein Katalog des klassischen Rassismus ist.

Aber vielleicht denkt ihr immer noch, dass dies keine Rolle spielt. Vielleicht denkt ihr sogar, dass die Anwendung von asiatischen Stereotypen auf eine Fantasy-Spezies, die zwar asiatisch aussieht, aber kein wirkliches asiatisches Volk darstellt, die von Natur aus bösartig ist, und die man deshalb ohne Bedenken töten darf, ein sicherer Weg ist, um einen Kampf zwischen Gut und Böse zu genießen, in dem man Held*innen toll dastehen lassen und die Bösen ohne Hemmungen abschlachten kann.

Ein Fantasy-Universum basierend auf rassistischen Theorien zu entwerfen, dessen Zweck es ist, Akte der Gewalt und der Entmenschlichung gegenüber einem überspitzt dargestellten, absichtlichen Stellvertretervolk für meine Familie zu rechtfertigen, ist nicht in Ordnung, genauso wie es nicht in Ordnung ist, über Minstrel Shows zu lachen, auch wenn es nur Weiße mit Schuhcreme im Gesicht sind, und keine Schwarzen Menschen. Dieser Akt ist das gleiche, wie eine Fantasy-Spezies zu erfinden, bei der die Frauen wirklich einfältige, verfügbare Sexobjekte sind, weil ihr euch wirklich wünscht, dass ihr Frauen zu einfältigen, verfügbaren Sexobjekten reduzieren könntet, ohne echte Frauen damit zu beleidigen.

Abbildung: Okay, vielleicht könntet ihr damit davonkommen. Armin Shimerman als Quark, der Barkeeper, in Star Trek: Deep Space Nine *mit dem Meme-Text „Weibliche …“*

Vielleicht tut ihr es nicht aus Rassismus. Vielleicht denkt ihr nur, es wäre interessant, diese Ideen zu verfolgen. Okay. Vielleicht seid ihr als einzige Person unter den Menschen nicht rassistisch. Aber wenn das so ist, dann mache ich mir um euch keine Sorgen. Ich mache mir Sorgen um die obsessiven Fans, die auftauchen werden, weil sie rassistisch sind und dieses Ding sie ihre rassistischen Fantasien ausleben lässt. Das ist ein Problem in Fandoms. Im zweiten Teil dieses Artikels werden wir sehen, wie sich dieses Problem verschlimmert, wenn Leute danach handeln, denn wir werden uns *Dungeons & Dragons* anschauen.

Fazit und Links

Vielen Dank, dass ihr während dieses langen, schmerzhaften Prozesses bei mir geblieben seid. Bitte lest weiter in Teil 2, um zu erfahren, wie eine maßgeschneiderte anti-asiatische rassistische Karikatur ein Grundpfeiler der Fantasyliteratur werden konnte, während sie dabei eher mehr als weniger beleidigend wurde.

Über James Mendez Hodes

James Mendez Hodes ist ein filipino-amerikanischer Autor, Spieldesigner, Sensitivity-Reader und Martial Artist. Er berät Rollenspieldesigner*innen und Verlage zu Kultur, Religion und Rassismus. Auf seinem Blog veröffentlicht er regelmäßig Artikel zu Klischees, Stereotypen und Vorurteilen und gibt Ratschläge für eine gelungene Repräsentation und den Umgang mit Themen wie kultureller Aneignung. Auf Twitter findet man ihn unter **@LulaVampiro**, seine Website ist **jamesmendezhodes.com**.

Endnoten

1 **Erklärung zur Verwendung des Wortes „Rasse“ in diesem Text:** Im US-amerikanischen Kontext wird der Begriff „race“ verwendet, um über Rassismus und damit verbundene Diskriminierung sprechen zu können. In diesem Text haben wir diesen Begriff mit „Rasse“ übersetzt. Beide Begriffe meinen allerdings nicht dasselbe – es gibt keine Menschenrassen, auch wenn manche Menschen andere so behandeln als gäbe es sie. „Race“ ist eine politische Kategorie. Die Nachkommen verschleppter und versklavter Afrikaner*innen in den USA kennen oft ihre eigene Ethnie nicht, identifizieren sich darum als afroamerikanisch oder Schwarz und bezeichnen diese Identität als ihre „race“. Im Deutschen gibt es leider keine wirklich adäquate Übersetzung für dieses Konzept, weshalb wir beim Begriff „Rasse“ in Anführungszeichen geblieben sind. Wir bedanken uns für euer Verständnis.

2 Trebuchet-Memes: http://nymag.com/intelligencer/2016/11/what-are-trebuchet-memes.html

3 Dschingis Khans angebliches genetisches Erbe: https://www.cell.com/ajhg/fulltext/S0002-9297(07)60587-4

4 Filipino-Amerikaner*innen kämpfen gegen gegen sie gerichtete Anti-Vermischungs-Gesetze: http://depts.washington.edu/depress/filipino_anti_miscegenation.shtml

5 „Mongoloid“ als ableistische UND rassistische Beleidigung: https://www.independent.co.uk/arts-entertainment/tv/features/why-are-the-words-mongol-mongoloid-and-mongy-still-bandied-about-as-insults-9878557.html

6 von Clausewitz, Carl: Vom Kriege (1832–34), URL: https://www.clausewitz-gesellschaft.de/wp-content/uploads/2014/12/VomKriege-a4.pdf

7 Englands Verantwortung für den Konflikt zwischen Indien und Pakistan: https://www.nytimes.com/2017/08/18/opinion/india-pakistan-partition-imperial-britain.html

8 Jasdeep Singh über die indischen „Kriegerrassen“: https://www.youtube.com/watch?v=GUvyvodMID0

9 Amardeep Singh stimmt zu: https://www.lehigh.edu/~amsp/2006/12/myth-of-martial-races.html

10 „Kriegerrassen“ sind aus irgendeinem Grund in der indischen Armee immer noch präsent: https://morningmedia.wordpress.com/2012/05/20/the-shadow-of-the-martial-race-theory-in-the-indian-army-does-it-still-exist/

11 Die Māori sind keine verdammte „Kriegerrasse“, Jason Momoa: https://thespinoff.co.nz/atea/19-12-2018/once-were-gardeners-lovers-and-poets-not-warriors/

12 https://www.nytimes.com/2016/07/03/opinion/sunday/how-jrr-tolkien-found-mordor-on-the-western-front.html

13 Tolkien, J. R. R.: Das Silmarillion, Stuttgart [13]2003, S. 63.

Danke an Bex, Jenny P. und alle anderen, die ihre Hilfe
bei der Recherche im Crossings-Slack eingebracht haben.

Queer*Welten – Der Queertalsbericht 02/2020

Es ist Mai 2020 und wir hatten uns alles etwas anders vorgestellt. Damit geht es uns wie dem Rest der Welt, denn mit einer Pandemie haben wir vermutlich alle nicht gerechnet, als wir das neue Jahr geplant haben. Der Teil von Queer*Welten, in dem wir euch von tollen Veranstaltungen, Lesungen oder Konzerten aus der queeren Szene berichten, fällt aktuell jedenfalls ins Wasser.

Trotzdem gibt es Aktuelles, wenn auch wenig Erfreuliches aus der phantastischen und queeren Szene. Durch abgesagte Messen, Lesungen und Veranstaltungen fallen für viele Künstler*innen und Verlage große Teile ihrer Einnahmen weg. Auf Twitter wurde deshalb der Hashtag #Bücherhamstern ins Leben gerufen. Mitmachen ist einfach: Statt Klopapier, Mehl und Nudeln hamstert ihr einfach Bücher von Kleinverlagen – am besten direkt im Verlagsshop, damit möglichst viel vom Umsatz direkt bei den Verlagen ankommt. Wir haben hier zwei queere und phantastische Romantipps aus deutschsprachigen Kleinverlagen für euch:

„Berlin – Rostiges Herz“ von Sarah Stoffers

Erschienen 15.10.2018
im Amrûn Verlag
Genre: Steampunk
ISBN: 978-3-95869-373-9

In einer Post-Klimawandel-Zukunft liegt ein steampunkiges Berlin am Meer, die Leute dort haben zivilisatorisch nach einem kataklystischen Ereignis noch einmal neu angefangen. Mit den Vibes des 19. Jahrhunderts hat die Stadt zu neuer, aber ganz anderer Größe gefunden, beherrscht von Zuckerindustriellen, Magiertürmen und einer ganz neuen Form von „Maker-Culture".

Mathilda und Fidelio lieben dieselbe Frau, Rosa, und diese findet von Macarons vergiftet auf ihrem Geburtstag den Tod. Von jenen Macarons, die Mathildas Geburtstagsgeschenk an Rosa waren. Und das auch noch kurz, bevor Fidelio Rosa einen Heiratsantrag machen konnte. Mathilda gerät unter Mordverdacht, und im Versuch, ihre Unschuld zu beweisen, kommt sie bald einem Intrigengeflecht zwischen Berlins Erfinder*innen und der zaubernden Elite auf die Spur.

Das Buch funktioniert einfach wunderbar visuell, von Fidelios farbwechselndem Kolibri zu den illegalen Gleiterrennen in der Arena bis zu den steampunkigen Ideen an allen Ecken und Enden und den interessant eingestreuten Details zu Mode und Alltagsleben. Ein weiteres Highlight dieser Zukunft: Heteronormativität ist nicht mehr – zumindest in dieser Hinsicht wiederholt sich das 19. Jahrhundert nicht. (Almost) everyone is gay, und besonders Mathilda ist in ihrer polyamoren Zuneigung zu zwei Frauen sehr facettenreich gezeichnet. Stoffers selbst ist queer und nichtbinär, ihre Protagonistin ist Schwarz. „Berlin – Rostiges Herz" zeigt mit großer Leichtigkeit, wie Steampunk aussehen kann, wenn es das viktorianisch-wilhelminische Korsett ablegt.

xxx

„Von Rache und Regen (Regentänzer 1)" von Annette Juretzki

Erschienen 16.10.2019
im Traumtänzer-Verlag
Genre: Fantasy (Eisenzeit)
ISBN: 978-3-94703-126-9

Nach ihrer Science-Fiction-Dilogie „Blind" und „Blau", in der Annette Juretzki schon einige Register in Sachen Weltenbau gezogen hat, wendet sie sich in ihrem neuen Zweiteiler, dessen erster Teil 2019 erschienen ist, dem selten „bespielten" Genre eisenzeitlicher Fantasy zu. Nicht nur das: „Von Rache und Regen" ist ein Zombie-Eisenzeit-Fantasyroman!

Protagonist Riagh gehört zu einem von den imperialen Legionen eroberten Volk und wurde selbst Soldat. Zu Beginn des Buchs ist Riagh bereits mit seinem Ziehbruder desertiert – Dieser starb bei der Desertion, und Riagh schleppt seitdem einiges an Trauer und Zorn mit sich herum. Er ist auf dem Weg zu seiner Ziehschwester und Verlobten Anryn, durch sein Heimatland, das nicht nur allgegenwärtig von den Regengött*innen des Landes heimgesucht wird, sondern auch noch von Untoten, denn ein nekromantischer Fluch wurde auf das Imperium und alle von ihm unterworfenen Regionen losgelassen.

Auf seinem Weg nach Hause trifft Riagh auf Lynchjustiz – ein paar Fischer*innen haben einen Fremden gefunden, der aus dem Reich stammt, das eben diesen Untotenfluch über das Imperium brachte. Riagh hat kaum geblinzelt, da hat er schon zwei Fischer umgelegt (diese anger issues!) und kurze Zeit später einen Nekromanten namens Nuzar als Gefangenen.

Riagh muss sich nicht nur Untoten stellen, sondern auch seinen eigenen Dämonen. Mit seinem Ziehbruder verband ihn mehr als brüderliche Liebe, und zu lesen, wie Riagh sich mit der Schuld um dessen Tod und gleichzeitig mit seiner eigenen internalisierten Queerfeindlichkeit und seinen Gefühlen für Nuzar quält, ist bewegend und hält einige großartig geschriebene emotionale Szenen bereit. Auch die Migrations- und Umbenennungserfahrungen der in Polen geborenen Autorin finden sich im Roman wieder, in dem es auch immer wieder um Dominanzkultur geht und darum, was diese mit von ihr einverleibten Kulturen macht.

Juretzki zeichnet Riagh und Nuzar als komplexe und psychologisch interessante (und sehr unterschiedliche) Charaktere, der politische und magische Weltenbau ist interessant und hält immer wieder Twists und Überraschungen bereit. Um den allgegenwärtigen Regen sind ein Pantheon, eine Religion und Kultur und eine Menge Legenden gewoben, die sich tief und organisch gewachsen anfühlen – eine Meisterleistung im phantastischen Weltenbau.

Eine weitere Facette dieser Welt: Nuzar spricht immer im generischen Femininum, was in seiner Kultur und Sprache tief verankert ist und zu einigen Missverständnissen zwischen den ungleichen Protagonisten führt. Juretzki, selbst queer und neurodivergent, hat Theologie studiert, was man dem Weltenbau auf die bestmögliche Weise anliest. Für mich nicht nur, aber definitiv auch wegen der mythologischen Verankerungen der kleinsten Erzähldetails ein Highlight aus dem letzten Jahr, das ich gern auf den Shortlists aller Phantastikpreise gesehen hätte!

Aus der Feder von Annette Juretzki stammt auch die Kurzgeschichte „Nebelflor“ auf Seite 8 dieser Ausgabe.

Im englischsprachigen Raum ist zudem vor kurzen der ebenfalls queere und phantastische Roman „The City We Became“ von N. K. Jemisin erschienen, den wir ebenfalls empfehlen möchten.

xxx

„The City We Became“ von N. K. Jemisin

Erschienen 24.3.2020 bei Orbit Books (Englische Ausgabe)
Bisher keine deutsche Übersetzung angekündigt
Genre: Urban Fantasy
ISBN: 978-0-35651-267-9

N. K. Jemisin ist eine Schwarze US-amerikanische Autorin, deren fantastische „Broken-Earth“-Trilogie in drei Jahren in Folge den Hugo Award gewann. Ihr neuester Roman „The City We Became" spielt im Gegensatz zu Jemisins anderen Romanen in unserer realen Welt und Zeit – genauer, in der Stadt New York, in der Jemisin selbst lebt und teilweise aufgewachsen ist. Schon im ersten Kapitel jedoch merkt man, dass auch hier phantastische Geschehnisse ihren Lauf nehmen. Die Stadt New York muss gegen ein anderweltliches, lovecraftianisches Böses kämpfen – und hat dafür sechs menschliche Avatare zur Verfügung. Das Problem: Die Avatare sind gerade erst erwacht und müssen erst ihre Kräfte entdecken, zueinander finden und verstehen, was überhaupt auf dem Spiel steht, bevor sie wirksam gegen die Angreiferin aus einer anderen Dimension vorgehen können.

Die Autorin nimmt sich sehr viel Zeit, um die einzelnen Protagonist*innen einzuführen, sodass die Handlung eher langsam in Gang kommt. Man sollte darum für dieses Buch etwas Zeit und Geduld mitbringen. Das Worldbuilding ist nur auf eine Art zu bezeichnen: komplex, aber gleichzeitig simpel, dabei abgedreht, aber auf eine gute Weise. Ist man aber bereit, sich auf diese Gedankenakrobatik einzulassen, wird man mit einer fantastischen Geschichte belohnt, die einen still und heimlich immer tiefer in ihren Bann zieht. Die Protagonist*innen haben, wie bei Jemisin nicht anders zu erwarten, die verschiedensten Hintergründe und spiegeln die Vielfalt und Diversität New Yorks wider. Die Liebe zur Stadt New York ist in jeder Zeile zu fühlen, trotz all ihrer Ecken und Kanten und Probleme. So bekommt man auch als Lesende*r den Eindruck, New York auf eine profunde Art und Weise kennengelernt zu haben – auch wenn man im realen Leben noch kein einziges Mal dort war.

Das Buch ist der Auftakt zu einer Trilogie, ist aber auch als Einzelband sehr gut zu lesen, da es ein abgeschlossenes Ende gibt.

✖✖✖

Auch außerhalb dieser konkreten Tipps: Schaut euch einfach mal auf den Websites und in den Shops von Verlagen und Künstler*innen um. Vielleicht lacht euch etwas aus dem Merchandise-Shop an oder ihr habt einen Euro für die Kaffeekasse via KoFi, Steady, Tipeee oder dergleichen übrig. Wenn nicht, freuen sich Kreativschaffende auch, wenn ihr ihre Beiträge teilt, Rezensionen schreibt oder ihre Werke empfehlt.

Haltet Abstand, bleibt daheim, achtet auf euch und andere – und bleibt gesund!